FOLICHONNERIES

PAR

ALEXANDRE DEVRED

SOMMAIRE

1° LA PÊCHE AU LARD et incidemment ; — Un Sabbat de Goûles ; — Sorciers et Sorcières d'Hamel et Wavrechain ; — Un Jugement parodié de Salomon.

2° DEUX NUITS A PARIS L'ÉTÉ.

3° GOUACHE prise sur le littoral des Clairs entre Douai et Cambrai.

4° LA PEUR.

5° RIGOLBOCHADE.

PRIX : 80 CENTIMES

CAMBRAI

IMPRIMERIE LIBRAIRIE ET LITHOGRAPHIE DE SIMON, RUE SAINT-MARTIN, 18.

FOLICHONNERIES

PAR

Alexandre DEVRED.

SOMMAIRE

1° LA PÊCHE AU LARD et incidemment ; — Un Sabbat de Goûles ; — Sorciers et Sorcières d'Hamel et Wavrechain ; — Un Jugement parodié de Salomon.

2° DEUX NUITS A PARIS L'ÉTÉ.

3° GOUACHE prise sur le littoral des Clairs entre Douai et Cambrai.

4° LA PEUR.

5° RIGOLBOCHADE.

PRIX : 80 CENTIMES

·CAMBRAI

IMPRIMERIE LIBRAIRIE ET LITHOGRAPHIE DE SIMON, RUE SAINT-MARTIN, 18.

1863

Ravisez un pau, monsieu l'curé, ch' diable là qu'eulle queue qu'il a ! Saterdié ! y a d'quo ain faire tros ! — Page 9.

FOLICHONNERIES

PAR ALEXANDRE DEVRED

LA PÊCHE AU LARD

ET INCIDEMMENT

Un Sabbat de Goûles. — Sorciers et Sorcières d'Hamel et Wavrechain. — Un Jugement parodié de Salomon.

CHAPITRE PREMIER

Ou entrait en campagne.
Deux sergents s'engagent pour une
montre en argent à qui s'illustrera.
L'un, enlève un drapeau ; l'autre, fait
prisonnier un général ennemi;
Qui des deux a perdu la montre ?

(GUITARE).

Wavrechain-sous-Faulx, à 11 kilomètres de Cambrai (Nord) est un petit village de l'Ostrevent, dont la forte partie est assise dans une vallée au sol de tourbe, l'autre partie labourable s'en trouve séparée par une crête qui s'élève verticalement et contre laquelle se trouvent abritées du vent du nord ouest les constructions et chaumières de la rue principale.

A certains points, cette crête atteint une hauteur de 20 mètres et domine les toits et ballons des maisons les plus élevées.

Parmi ces dernières se trouvait le presbytère habité en

1769 par un prêtre septuagénaire, excellent homme du bon Dieu, aimant et aimé de ses ouailles.

Or, il advint que le 1er janvier 1770, notre bon curé reçut force visites de bonne année, entr'autres, celles de trois gais camarades qui remarquèrent avec un sentiment coupable de convoitise le riche et excitant étalage que recouvrait le manteau de la cheminée de la pièce où ils furent reçus.

C'est qu'en effet, notre bon curé avait suspendu et rangé avec autant goût que de symétrie, sur le fond noirci de l'âtre et par étages superposés, des jambons, des andouilles, des pièces de porcs auxquelles la fumée de l'aune brûlé au service de la marmite donnait chaque jour des reflets *bronzés* du plus appétissant effet.

Cette collection, que ce brave prêtre ne défendait pas du regard de ses visiteurs, ne devait, selon lui, éveiller la cupidité d'aucun de ses paroissiens puisqu'il tenait ces objets de leur libéralité et certes, tous avaient dû y concourir, attendu qu'il ne s'abattait aucun de ces animaux immondes engraissés dans le village, que M. le curé ne fût *tripé* le premier.

Et notez bien, qu'indépendamment de la tripaille, il y avait toujours dans le plât d'offrande, une pièce choisie du sujet, soit : du ventre, du dos, de l'arrière ou de l'avant.

Néanmoins, à leur sortie du presbytère nos trois gaillards se communiquèrent leurs impressions et se trouvèrent en parfaite harmonie à l'endroit de leurs désirs.

Vingt chonq triboulettes (dit le plus dévorant) avez vous r'luqué l'bibliotèque de ch'curé ?

— Nom des eaux !... cha ne m'gêne point... j'caingeros ben tous ses bréviaires contre ain d'ses gaimbons.

— Si j'avos taint seulement (dit le troisième) si j'avos, taint seulement, s'nandouille su ein d'mi poin et tros quatte pots d'bierre à flûter aveuc ; j'te chimouleros cha, jusqu'al dernière, sains compter ch'cordiau.

— Si nos povôtes l'y déraquer qué que cose !

— Nom des diousses ! cha s'rot eine bonne farce à faire.

— Capeon qui s'ein dédit. — Vos n'avez point d'cœur.

— Cha y est-t'y ?

— Cha l'y est. — Ch't'y qui s'dédit d'nous tros, y ain s'ra à dix siept canettes.

— Cha va, medicus !

— Tappe.

— Tappe à teïn tour.

— Tappe aussi...

— Donne t'moin.

— Tappe , marche !...

CHAPITRE II

Qui trop embrasse mal étreint.

(Proverbe choisi.)

Cet ensemble de dispositions sympathiques échangé et scellé entr'eux, le cachet solennel du marchand de bestiaux (cachet sans l'apposition duquel aucun marché ne peut être revêtu du caractère de sanction ni validité reconnue, dût votre main souffrir pendant plusieurs heures d'un engourdissement douloureux), ayant été appliqué par d'énergiques percussions, nos trois étourneaux tinrent conseil au cabaret, dans un de ces cabinets réservés, heureusement supprimés par nos lois, pour l'honneur de nos familles, au grand regret des exploitants. Là, au milieu d'une épaisse atmosphère de fumée produite par les fourneaux des trois pipes incandescentes, la résolution suivante fut prise d'accord, comme la meilleure et la plus infaillible.

Passons de suite à l'exécution, ce sera abréger et accoupler au récit du plan formé celui du forfait principal.

Ce même soir, s'étant affublés de leurs vêtemens les plus grêlés, afin de dépister toute reconnaissance, ils se dirigèrent tous trois vers le sommet de la crête surplombant le toit du presbytère et après avoir tiré à la courte paille, savoir celui que le sort désignerait comme acteur principal, celui-ci prit la corde de tille empruntée à un puits dont les propriétaires étaient endormis, et s'étant laissé glisser sur le dos en direction du toit du presbytère logé à 7 mètres plus bas, il arriva à prendre pied, presque debout, sur l'extrémité inférieure de ce toit de chaume, d'où, en rampant sur les mains, sur les genoux, il atteignit le faîte à l'encontre de la cheminée correspondante, d'après leurs calculs, au charnier enfumé. Là, s'étant mis debout sur la faitière et s'étant cramponné d'une main, aux parois disjoints de la cheminée dont l'orifice supérieur lui venait à niveau des aiselles, il fut convaincu au flair qu'il s'était parfaitement orienté.

Cette odeur de lard fumé raviva son courage. C'était la première fois qu'il allait se déshonorer à ses propres yeux, se rendre coupable à ceux de Dieu et de la société, se perdre, se tarer pour ce monde implacable qui n'oublie et ne pardonne jamais les crimes connus quelqu'immense que soit l'expiation qui les rachète.

La gourmandise, le dédit à payer, le faux amour-propre qui l'exposait à passer pour ce que son orgueil lui défendait d'être, toutes ces considérations rapidement revisées le décidèrent à persévérer.

C'était le cinquième jour de la lune de décembre et le céleste croissant éclairait sous la forme d'une tranche de melon cette scène, à peine assez pour y voir, mais trop peu pour être vu. Les deux complices lui jetèrent un bout de la corde de tille dont il se ceignit sous les bras, puis, l'ayant aidé à se hisser jusqu'à l'orifice supérieur de la cheminée, ils le descendirent doucement jusqu'à ce que ses pieds touchèrent l'assiette du foyer, ce qu'ils reconnurent aisément lorsque la tension de la corde eût cessé, puis à leur tour, ils se laissèrent glisser vers le toit. Notre larron s'était muni d'une ceinture de cuir et de ficelles. Son premier soin, sans perdre de temps, fût de choisir en tatonnant, les deux plus gros jambons et de les attacher à la ceinture ; peu satisfait de cela, il fit pareillement de quelques fortes pièces de lard et se composa une tournure tellement renflée vers le bas des reins, que jamais crinoline de nos jours n'atteignit semblables proportions ; puis, pour que rien ne manquât à sa toilette, il s'enroula deux andouilles autour du cou en guise de Victoria. Se sentant bien lesté, il fit osciller la corde. (C'était le signal convenu). Aussitôt les deux camarades restés juchés à l'orifice supérieur de la cheminée, se mirent en devoir de le hisser péniblement, son poids étant doublé.

Au tiers du parcours de cette cheminée, le ballon se rétrécissait sensiblement. La tête et le corps du maraudeur passèrent facilement, mais le train inférieur s'étant engagé dans le cône se trouva bientôt serré comme par autant de coins qu'il y avait de pièces fumées appendues à la ceinture.

La position n'était pas gaie.

Le malheureux ne pouvait s'aider et n'osait crier de crainte de donner l'éveil aux hôtes du presbytère. Cependant, les camarades tiraient toujours et lui étreignaient douloureusement la poitrine au point de lui faire entrer la corde dans les chairs humérales.

Ne se rendant pas compte de la résistance croissante qu'ils éprouvaient, nos deux gaillards s'épuisèrent en efforts lesquels n'aboutirent qu'à engager de quelques centimètres de plus le misérable partagé entre deux forces opposées.

Méditez la position, cher lecteur ; méditez !

— Quoqu' ch'est du chon chinq mille tonnère, qu' cheule corde qu'alle put teindre ainsin ? t'tal'heure, ch' étot pu douche qu' cha à saquer.

— Ma painse ain pau ; assayons ; saquons ferme...

Et nos vigoureux compères, après avoir craché dans leurs mains, imprimèrent à la corde une si vigoureuse tension qu'elle se cassa !... Au même moment, ils entendirent un bruit sourd... Blaoumm !...

C'était le camarade qui retombait avec sa charge d'une hauteur de trois mètres dans les cendres de l'âtre.

CHAPITRE III

Glace fondue, sel répandu, 13 à table, mort de chat, couteaux en croix, poule qui chante, oie qui se lamente, moutons qui vous tournent... pies vues en voyage... sont fâcheux présages.

A droite et à gauche de la cheminée si bien garnie que nous avons décrite, se trouvaient deux portes conduisant, l'une dans l'oratoire et chambre à coucher *tout à la fois* du bon vieux prêtre, l'autre parallèlement disposée, donnait entrée à celle de la vieille méquène Maxence, femme vivant dans la crainte de Dieu et des sorcières dont Wavrechain avait la réputation d'être le repaire, réputation qui a longtemps pesé sur cette commune et avec d'autant plus de consistance qu'on citait des faits à l'appui.

J'en connais un assez extraordinaire.

Je le tiens de source certaine ; je l'ai ouï plusieurs fois raconter par mon père, il faisait trembler les sceptiques et mécréans les plus endurcis.

Le vrai n'est pas toujours vraisemblable.

Mon père, dont j'ai déjà esquissé quelques traits biographiques dans la publication de l'ouvrage intitulé: *(la famille Perlin)* avait nom *Guilain Vinchent*, il était originaire de Marchiennes (ville du Nord); jeune encore, il fût promu aux fonctions de Baillif de cette ville. Les capacités dont il fit preuve dans l'acquit de cette charge, lui valurent de la part de Louis XV, le titre de *garde notes* (lisez *notaire*). Il obtint en outre l'autorisation d'ajouter, à son nom, celui d'une terre où fief assez important dont il était propriétaire au village de Vred et se fit complaisamment appeler le notaire *de Vred*. Plus tard, soit par vanité où toute autre raison que j'ignore, il signa G. Devred et ce n'est que dans nos papiers de famille et à l'occasion de son premier contrat de mariage, que nous avons trouvé l'origine du nom que nous perpétuons.

Encore que cette autorisation dévolue en 1762 par sa majesté dite *bien aimée* ait quelque trait de ressemblance avec certaines lettres de noblesse, nous dénions nos droits à cet héritage.

La particule d'emprunt dont s'étaient affublés certains littérateurs, nous a fait sourire de pitié.

Ces pauvres Jean-sans-Terre succombaient sous le poids du ridicule qu'ils revêtaient, écrivains superficiels, ils donnaient tête baissée dans un travers qu'ils devaient combattre plutôt qu'épouser.

On y a mis ordre.

D'ailleurs, l'hérédité du titre nobiliaire est une regrettable absurdité.

1

L'axiôme « is pater, is filius, » est un mensonge.

Le fils d'un père illustre traînera son blason dans l'infâmie, alors que par contre preuve, on verra surgir du sein du peuple les hautes capacités que nous comptons et admirons au barreau, aux beaux arts, à la tête de nos valeureuses phalanges, dans la milice chrétienne et dans les régions élevées de la société.

Encore une fois, et nous le définissons, cette distinction, cette supériorité, cette noblesse (si vous voulez), est de droit personnelle.

Partant, que mon père ait été noble ou charcutier, j'honore sa mémoire à cause des principes religieux et de saine morale dont il s'est montré pour moi l'édifiant émule ; homme d'une foi sincère, il m'en a légué le trésor.

Puissent mes descendants conserver fidèlement ce dépôt dans leurs cœurs autant que j'ai travaillé à le garder. Je ne parle ici de l'auteur de mes jours que pour donner au récit de l'aventure suivante le caractère d'autorité qu'il plaira au lecteur lui accorder et pour compléter par une dernière retouche, le portrait de notre cher père, nous ajouterons : que c'était un homme éclairé pour son temps, d'une piété solide, ennemi du bigotisme et des superstitions.

Voici l'histoire que je me souviens lui avoir entendu narrer très-sérieusement. Je le laisse parler.

Invité par un de mes amis à assister à une chasse aux canards qui devait se faire dans la nuit du 13 janvier 47. Nous partîmes de Wavrechain, mes camarades et moi, munis et accoutrés en chasseurs de nuit.

Après avoir traversé la Sensée dans un batelet, nous abordâmes au grand marais. C'était un samedi (je me le rappelle). Depuis une heure et demie nous étions à l'affût sans qu'il y ait eu occasion de tirer un seul coup de fusil. Le froid nous gagnant, nous traversâmes le grand chemin et allâmes pour nous embusquer en deçà du pont Malin dans un endroit buissonneux bordé de petits fossés, appelé vulgairement les Coquettes. Le sol était blanc d'un grésil qui frétillait sous nos pieds. La lune à son déclin avait une teinte rougeâtre et presque sinistre. Nous nous étions arrêtés pour écouter certains sons cadencés dont nous ne nous rendions pas compte, c'étaient des miaulements, des sons de crecelles et timbres fêlés, des bruits de scies, de verre et vaisselle écrassée, cris rauques intraduisibles croassemens. Ce bruit se rapprochait sensiblement. Nous nous étions arrêtés plus intrigués qu'épouvantés et le fusil armé prêts à épauler.

Un oiseau vint se percher sur un roseau et fit entendre son cri désagréable crac, cric, krric, kracq, krac, kricc, kracq, kracq. L'orfraie chùta. Cinq à six corneilles rasèrent nos pieds dans leur vol. Le bruit se rapprochait. Tout-à-coup, un vent furieux courba les arbres et les buissons, emportant dans son tourbillon, débris d'herbes sèches, chaume pourri, branches cassées, grésil et tout ce qui lui faisait obstac'e, nous obligeant à fermer les yeux;

mais l'un de nous perdant la tête au milieu de cette tourmente déchargea son fusil au moment où le vacarme semblait passer au-dessus de nos têtes ; à peine le coup parti un trousseau de clefs tombe à ses pieds !.....

Etonné, il se baisse, ramasse les clefs passées dans un anneau, nous le voyons pâlir et se soutenir avec peine... il les a reconnues... ce sont bien elles... c'est le trousseau de clefs de sa femme !...

Cette déclaration fût reçue par mon père et les autres chasseurs avec un immense éclat de rire ; mais l'autre ne riait pas...

— Es-tu fou (lui dit-on) tu as mis ce trousseau dans ta poche ; le mouvement de tes bras et la commotion l'en ont rejeté. Vas donc, farceur !

— Mes amis, il n'y a pas de farce ici, ma femme, depuis son mariage, ne s'est jamais désaisie de son trousseau et je ne l'ai jamais vue sans cet accessoire, elle m'a même déclaré qu'elle ne s'en séparerait qu'à la mort. Je ne puis expliquer cela, il se passe quelque chose d'extraordinaire, j'en ai le pressentiment ; vous me portez trop d'intérêt pour refuser de me ramener chez moi ; je ne me sens pas bien.

Dès lors, il ne fut plus question de chasse.

Nous le prîmes, chaque bras sous l'un des nôtres, repassâmes la Sensée et le reconduisîmes chez lui où la servante veillait pour l'attendre. Nous avions tenté en vain de remonter l'humeur joviale de notre camarade, les lazzis de notre loustic le trouvèrent morne et taciturne ; il était sérieusement effrayé.

— N'y a-t-il rien de nouveau ? demanda-t-il en rentrant.

— Non (dit la bonne), seulement j'ai entendu du bruit dans la chambre de Madame ; il y a quelque chose de tombé, peut-être un cadre ou tout autre objet. J'ai demandé à Madame si elle avait besoin ; n'ayant reçu aucune réponse, je l'ai laissée, je n'ai pas insisté.

— Il faut que je voie ma femme de suite (dit à son tour notre ami), et s'acheminant vers la porte de sa chambre, il frappa et l'appela de plus en plus fort. Rien... rien... La porte était verrouillée à l'intérieur.

Dans son état d'anxiété arrivée au dernier paroxisme, il saisit un énorme chenet en fonte et du premier coup fit sauter la gache et le verrou. S'étant approché du lit sur lequel sa femme paraissait reposer, il la poussa, la repoussa, l'appela en vain... Elle était morte.

Quand il se retourna sur nous, son visage avait le mât du marbre. Nous nous approchâmes à notre tour, nous respirâmes une odeur excessivement forte de carotte brûlée. Le médecin la découvrit discrètement. Le corps, entièrement nu, reluisait d'un enduit graisseux.

Nous regagnâmes chacun notre domicile sans échanger nos pensées à l'endroit de cet évènement. On disait le lendemain, que Mme X... avait été trouvée morte dans son lit, d'un coup de sang...

Mon père n'ajoutait aucun commentaire à cette histoire et laissait à chacun la liberté de l'expliquer et traduire à sa manière. Mais, si on paraissait en douter, alors il livrait les noms et citait ses contemporains encore debout pour témoigner de sa véracité.

—————

Ma mère (elle aussi) savait une histoire des sorcières de Wavrechain ; quoique moins véridique à mon avis que ne l'était mon père, elle nous la disait avec un accent de conviction très-respectable.

Un de ses arrières oncles ou parent, du nom de Gallez, possédait un marché de deux cents rasières, disons plutôt, soixante et quelques hectares de terre, tant en champs qu'en prairies. Or, notre cher et vénérable oncle entretenait pour cette exploitation, cent cinquante moutons, huit vaches, douze chevaux, bœufs et baudets, et le reste en rapport avec l'importance de cette métairie.

Or, il advint que son troupeau fut atteint de la clavelée et fut décimé en peu de temps.

Les vaches toussèrent et tournèrent à la phthisie et chaque jour c'étaient ou un cheval ou une bête à cornes de moins dans ses écuries.

Le vétérinaire disait : épidémie, épizootie ; mais, seul dans le village, mon oncle avait à déplorer la perte quotidienne de son bétail, alors qu'on n'observait aucun cas semblable dans les environs. La perte de plusieurs chevaux d'une encolure admirable l'affectait surtout et il ne lui en restait que sept lorsqu'il résolut de suivre le conseil qu'un sien cousin lui donna d'aller trouver le devin d'Hamel très-réputé pour être versé dans les sciences occultes ; on l'appelait le défaiseur de sorts ou le dénoueur d'aiguillettes.

Donc, étant allé le trouver, il lui exposa le cas.

Le sorcier demanda trois écus de six francs qui lui furent remis immédiatement, après quoi, il se livra à l'expérimentation suivante : Il prit une poule noire et lui ayant placé la tête sous l'aile, il l'endormit en lui faisant décrire plusieurs moulinets à la longueur des bras ; il la déposa au milieu de la chambre, puis, ayant dessiné, au moyen de deux baguettes de coudrier qu'il tenait de chaque main, deux demi-cercles, il en réunit les extrémités, trancha le cou de la pauvre bête et fit couler le sang au milieu du cercle de façon à en former une petite mare.

Les deux baguettes de coudrier furent déposées sur ce sang, puis ayant fait trois fois le tour de ce cercle en marmotant de sombres conjurations, il arracha de la tête de mon oncle sept cheveux qu'il brula en ayant soin que la cendre en retombe sur la mare de sang, après quoi il s'accroupit et regarda attentivement pour interpréter les caractères révélateurs tracés par cette cendre éparpillée sur le caillot figé.

Lorsqu'il se releva, ses traits portaient l'empreinte de la passion extatique.

— Vous désirez savoir (dit-il en s'adressant à mon oncle), qui cause cette mortalité parmi vos bestiaux ? Je ne puis vous nommer cette personne, par le Rakal, cela m'est interdit ; mais, moyennant deux autres écus de six francs, je puis vous donner la facilité de connaître et punir l'auteur du tort dont vous souffrez.

Mon oncle lâcha les deux couronnes.

— Faites bien attention à ce que je vais vous dire, car, si vous ne compreniez pas, tous les trésors de la terre et de la mer ne me feraient pas répéter ce que je ne puis déclarer qu'une fois.

Mon oncle dressa ses pavillons auditifs à l'instar d'un cheval effrayé.

— Cachez-vous dans votre écurie à chevaux. Ce soir, vers minuit, vous entendrez la personne pénétrer doucement dans l'étable et toucher votre jument grise.

— Ma jument grise ! (exclama mon oncle avec amertume).

Le sorcier continua : Vous pourrez alors lui porter un seul coup, soit de bâton ou de fourché, de façon à ne pas tuer du fait, mais à reconnaître le genre de blessure que vous aurez causée ; laissez alors sortir cette personne comme elle pourra et couchez-vous ; vous la reconnaîtrez aisément le lendemain au matin, car elle ne manquera pas de se présenter à votre domicile, au petit jour, pour vous demander du feu. Le sorcier se tut et remit son bonnet de coton.

Le cher oncle n'en demandait pas davantage.

Sitôt rentré, sa première pensée fut de soustraire sa jument grise, sa chérie, sa préférée, à l'action assassine de l'ennemi inconnu ; mais la crainte de déranger l'ordre des combinaisons prédites par le sorcier d'Hamel et le désir de se venger du mal qu'on lui avait fait et à sa famille, le fit renoncer à ce dessein. Il s'embusqua donc, la nuit venue, derrière quelques bottes de paille et attendit.

En effet, vers l'heure de minuit, la porte de l'étable fut écartée discrètement et livra passage à une vieille carcasse de femme, laquelle leva sa main décharnée et en frappa quatre fois la croupe de la jument grise en disant de sa voix chevrotante : « T'est eune belle biette, mais te morras !... »

La jument exhala comme un soupir et s'affaissa sur sa litière. Comme la sorcière faisait un mouvement de conversion pour se retirer, mon oncle lui envoya en sifflant, sous la pommette droite de la figure, la mailloche de son bâton d'épine. Ce coup porté au moment où il voyait tomber la bête qu'il avait prise en affection dut compromettre ce qui restait de l'économie dentaire de la vieille fée, à preuve, le chicot sanguinolant qu'on retrouva sur place, il serait même permis de penser qu'elle aura dû en avaler d'autres s'il lui en restait.

Aussitôt déguerpie, mon oncle fit lever tout le personnel de la maison pour donner des soins à sa chère jument, ce qui permit de remarquer le chicot précité ; mais peine inutile, la jument préférée expira littéralement dans ses bras, moins de deux heures après.

Le parti de mon oncle était apparemment pris, il ne se coucha pas, il fit apporter des fagots secs en quantité et fit un feu à incendier toute la ferme, bourra et alluma sa pipe, tira un broc de bière, raviva d'huile la lampe prête à s'éteindre, s'assit et attendit.

A l'aube du jour, mon oncle entendit lever le loquet de la porte et une pauvre vieille parut selon que le sorcier le lui avait annoncé. Elle était piétrement vêtue de quelques guenilles et avait la tête emmaillotée dans un fatras de loques qui lui recouvraient la moitié de la figure.

A son entrée, elle s'inclina humblement en disant : bonjour maître, que l' bon Diù vous garde et prenne pitié d' vos malheurs, qu' la Sainte Vierge permèche é qu' cha soit bentôt fini. Chez ben assez pou eine fos !... Volez-vous que j' mèche queuques tiotes braises ed vo fu dains main couvé pou mi récauffer mes moins? j'ai l' piquette à mes dogts.

Et s'étant approché du foyer, elle prit la pelle pour réunir quelques charbons incandescents.

Mon grand oncle, parfaitement convaincu qu'il avait en sa présence le génie malfaisant qui le ruinait, apercevant une longe suspendue à la muraille, s'en empara et avant que la vieille se fût redressée, il lui en étreignit le cou et l'accrocha au cran supérieur de la crémaillère, puis il jeta quelques fagots sur le brasier et se repût du plaisir de la voir brûler vive, au milieu des plus affreuses contorsions, jusqu'à parfaite calcination du dernier os !...

Que cette odeur de chair brûlée ait rectifié l'air qui régnait dans toutes les parties de la ferme et absorbé sinon détruit les miasmes morbides qui entretenaient l'épizootie, c'est ce qu'on n'a pas dit. Encore est-il que la jument grise fût la dernière tête de bétail qu'on eût à déplorer de nouveau. — L'histoire finit là.

Si elle est vraie, mon arrière grand oncle a commis un crime dont les annales de la Cafrerie offriraient peu de pendants.

Les Cafres saignent leurs prisonniers avant de les rôtir ou d'en faire des grillades pour leurs festins.

Mon grand oncle rendra compte à Dieu de sa cruauté envers une pauvre vieille assurément innocente d'une puissance que Dieu n'accorde pas aux hommes et que le diable n'oserait se permettre de déléguer sans autorisation.

Si mon grand oncle, bien que sous le coup de pertes sensibles, sans doute, n'eut pas lui-même perdu la boussole et cru le sorcier comme l'Évangile, il aurait réfléchi et se serait dit : c'est impossible. Mais, pour que cela ait eu lieu, il fallait rechercher et s'expliquer les moyens.

Or, tout homme de sens commun sait fort bien que les prétendus sorciers ou devins, au temps où leur science cabalistique était aussi redoutée que révérée, pouvaient fort bien causer des évènements passés. Quant à l'avenir, leurs grimaces et leur grimoire ne faisaient que des dupes. Il leur importait donc, pour conserver leur réputation, de préparer eux-mêmes les évènements qu'ils prétendaient mener à bonne fin.

Il nous semble donc très-naturel et nous expliquons ainsi cette succession d'évènements dont le dernier est un drame épouvantable. Le prétendu sorcier aura suivi mon oncle à distance et par l'appat d'une couronne (somme que ne représentent pas vingt francs de notre monnaie aujourd'hui), aura éveillé la cupidité d'une vieille mendiante devenue l'instrument exécutoire de ces instructions.

Quant à la discrétion, il est probable qu'il supposait conséquemment (il est permis de le croire), qu'une fois en main du fermier irrité, elle ne s'en tirerait pas vivante et qu'il ne serait pas obligé de lâcher les six francs.

Je laisse à la pénétration des lecteurs le soin d'instruire d'autres commentaires, s'ils le jugent à propos et je retourne de ce pas au presbytère de Wavrechain savoir ce qui advint de nos paysans larrons.

CHAPITRE IV

Moussia !... Moussia !... Voschtre dame s'opposge à che que je rémona la chemina. Je vas chercha la polige.

(Un Cantalour).

La chûte du maraud dans les cendres de l'âtre produisit un effet redondant qui ébranla le sol et fit vibrer les vitres dans leurs rainures de plomb. La poussière cendrée violemment disséminée, chargea l'atmosphère de cette place comme d'un brouillard épais et suffoquant.

A ce bruit, la bonne Maxence, réveillée en sursaut, poussa un cri d'alarme et à la faveur des portes des deux cabinets laissées ouvertes, interpella de sa voix effrayée le vieillard reposant dans la pièce parallèle.

— Monsieur l' curé ! avez vou ateindu ? j' cros que l' que-mainée qu'alle est quéhue et qu' nos allons ajte acouvetés.

— Eh bien, Maxence, levez-vous et voyez ce qui en est.

— Monsieu l' curé, j' n'oseros d' ma vie r'muer ain maimbe, j' vos ein prie, ravisez vous-même chou qu' ch'est.

Et Monsieur le curé, en tatonnant, rencontra à-propos sa culotte, l'enjamba et chaussant ses pantoufles, sortit de sa chambre à coucher un bougeoir d'une main, une allumette de l'autre et, se dirigeant vers la cheminée, mit un genou en terre, éparpilla la cendre du bout de la tige soufrée espérant rencontrer quelque braise ignée au contact de laquelle la lumière se ferait. Son attente fut couronnée d'un succès éphémère car, à peine à la teinte azurée du sulfure succédait la combustion du chanvre, que Mathias (c'était le nom du voleur de lard), afin de ne pas être aperçu, souffla doucement sur le fétu et maintint l'obscurité.

Il était permis d'attribuer au courant d'air ce premier résultat négatif. Le curé se releva, chercha en tatonnant une autre allumette et renouvela l'essai.

Au moment où il approchait le fusin de la mèche de sa chandelle, Mathias avança la tête dans cette direction et ffflu... refit la nuit plus noire encore.

Cependant le curé avait pu entrevoir deux orbes reflecteurs surmontant le mufle allongé dont le souffle s'était échappé avec effort.

Convaincu qu'il se trouvait contrarié par l'intervention volontaire d'un animal quelconque, il lui adressa d'une voix moitié impérative, moitié suppliante, ces paroles :

— Laisse-moi donc allumer ma chandelle.

A quoi Mathias, terrifié, répondit en grossissant sa voix et en s'improvisant des deux mains un pavillon acoustique :

— Aleume !

Et pendant que le curé procédait pour la troisième fois à cette opération, Mathias appliqua les mains contre la crémaillère, en détacha une forte partie de suie et s'en frictionna la face, les oreilles et le cou, puis il s'accroupit et se ramassa dans l'angle le plus reculé de l'âtre.

Aussitôt que la lumière brilla, Maxence risqua un œil par sa porte entrebaillée.

Le curé sans trop pouvoir encore distinguer à quel espèce d'être il allait avoir à faire, l'interpella ainsi :

— Qui es-tu ?

— J' sus l' diable (répondit Mathias de sa voix la plus rauque et de la même manière).

Maxence, prête à défaillir, se signa et referma sa porte tout en maintenant convulsivement la clef à l'intérieur.

— Seigneur ! s'exclama le curé, est-il possible que vous ayez permis à l'esprit des ténèbres de venir souiller cette demeure de sa présence ? Qu'ai-je donc fait, ô mon Dieu ! pour mériter ce malheur ?... Puis, après quelques secondes d'attérissement, relevant ses regards sur le saligot, il reprit :

— Et qu'es-tu venu faire ici ?

— Mier tein lard ! hurla Mathias.

— Grâces et merci, mon Dieu ; vous daignez éclairer ma conscience et me faites connaître mon péché... Oui, j'ai trop aimé la chair d'un animal immonde alors que tant de malheureux manquaient du nécessaire !... Et vous avez dépêché vers moi l'esprit impur... pour m'humilier et me faire rougir de ma dépravation et de ma honteuse sensualité. — *Parce Domine, parce ! miserere mei ! peccavi. Cor contritum et humiliatum non despicies.*

Le curé était tombé à genoux. Il termina sa prière par ces mots : *A societate diaboli, libera nos Domine.*

Puis, reprenant un peu d'assurance et s'inspirant des prérogatives de son ministère, il formula à l'adresse de Mathias la conjuration suivante :

— De la part du Dieu vivant, ton maître et le mien de toute éternité, je t'adjure de quitter ces lieux sur le champ, et, en prononçant cette formule, le curé avait trempé l'extrémité d'un rameau de buis dans le bénitier appendu à la muraille et allait exécuter le signe de notre rédemption comme suprême et irrésistible moyen d'obtenir la subite évacuation de cet hôte détesté, lorsque Mathias lui cria dans ses mains :

— Œuvre me ch' huis, j' mein dirai.

— Qu'à cela ne tienne, va-t-en, Satan.

Aussitôt les portes ouvertes, Mathias décampa meurtri, clopin-clopant, traînant entre les jambes quelques mètres de la corde de tille cassée dont il n'avait pu déboucler le nœud.

Le curé s'écarta en se bouchant le nez.

Maxence sortit de son cabinet et s'étant rapproché du vieillard :

— Ravisez (lui dit-elle), ravisez un p'au, Monsieu l' curé, ch' diable là qu'eulle queue qu'il a ! Saterdié, y a d' quo ain faire tros !

— Fermez les yeux, Maxence, fermez les yeux. C'est par les sens que le mauvais esprit s'empare de notre cœur. Demain vous distribuerez le lard restant dans cette cheminée aux pauvres familles de ce village jusqu'au dernier morceau.

Et lui ayant présenté le buis humecté d'eau sainte, Maxence le toucha, se signa de nouveau et rentra chez elle en marmotant, à l'instar de son maître, de sincères actions de grâces.

Et les deux gaillards, laissés perchés sur le toit, que devinrent-ils ? C'est ce que je me propose d'apprendre au lecteur dans le cours du chapitre suivant.

CHAPITRE V

Nous n'avons qu'un article (dit Lhomond), *le, la,* au singulier, *les* au pluriel... Il paraît que les trois ne font qu'un.... Boutrouille en compte plus d'un mille.

Au moment où leurs efforts pour hisser le pauvre Mathias déterminaient la rupture de leur corde, nos deux marauds qui n'étaient pas sur leurs gardes, accomplirent la plus belle pirouette en arrière que clown, de nos jours, ait jamais osé risquer sans balancier, et favorisés par la pente du toit de chaume, ils dégringolèrent, en roulant l'un sur l'autre, jusqu'au bord ; là, dans l'impossibilité de s'accrocher à aucun arrêt, ils tombèrent du toit dans une épaisse roussie, dont ils sortirent comme ils purent, bien teints et surtout parfumés jusqu'aux cheveux. A quelque chose malheur est bon. Sans cette roussie qui amortit leur chûte, nos farceurs en auraient été pour quelques membres éclopés au moins.

En janvier, les bains froids sont insalubres, parfois dangereux, quand ils sont descendus à certain degré. Nos deux manants ne le sentirent que trop, car ils se mirent à fuir de toute la vitesse que le jeu de leurs jarrets pût atteindre, jusqu'à la demeure de l'un d'eux, demeure qu'ils contournèrent et abordèrent en franchissant la haie de clôture du jardin.

Leur premier soin fut de faire du feu, de chauffer de l'eau plein un énorme chaudron, puis ils se dévêtirent, se nettoyèrent, jetèrent leurs hardes dans cette eau et se rhabillèrent des vêtements qu'ils avaient momentanément quittés, pour endosser ceux ayant servi à leur malheureuse expédition. Jusques-là, les deux compères n'avaient encore osé échanger une parole.

Tous deux étaient dans un état voisin du *delirium tremens.*

— Qu'eulle affaire ! (dit Félix en soupirant).

— Tais-te (répond Bastien), j'ein trâne les fieffes.

— Nos sommes deux hommes perdus..

— Et peindus d'avainche haut et court einter deux villes à Bouchoïn, cha n'peut mainquer.

— Mi, j' vas dévaler dains ch' puche.

— Mi, j' vas m' jucher dains ch' four.

— Pauf Mathias ! no camarade ! cha m'a t'y tapé au cuer quaind, au momeint uq chel corde a rompue, qu'y a buqué ch' co en réquéyant : Bardouff !...

— Y ara été tout épautré !

— Chouq ch'est, mon Diu ! toudi, toudi ! N'arot-y pas miu valu mette ches bielles pistolles de ch' racoleux d'erhier dains nos tasses et nos faire soudarts comme y nous demandot ; même qui volôt nous r'conduire souper à mon de ch' délégué, que d' nos abaindonner à ain ju d' malheur ainsin ! Quoqu' ch'est qu'va busier d' mi Mathurine, m' namise, et m' pauve vielle nainte du bon Diu ! alle est fichue d' claquer du co !... Et ch' l'ercordeu ?...

Félix en était à ce point de ses condoléances, quand elles furent interrompues par un bruit aussi insolite qu'inattendu. Trois coups avaient été frappés sur le volet extérieur.

— Y n'est pus teimps de s' mucher (dit Bastien).

— Nos sommes f..... (répond Félix).

— Et de rechef, ils entendirent heurter au volet et une voix leur crier en sourdine : ouvrez me ch' huis.

— Acoute (dit Bastien à Félix), nos avons été surqués ; mais malheur à ch' t'y qui nos veindra. Queurre sur ly, eimpogne-te, habile ! Nos allons qu'maincher par ly treimper les soupes.

Aussitôt, Félix exaspéré, saute au loquet de la porte, se précipite sur le malencontreux visiteur, l'attrape à la cravate et le traîne, tout d'une traite, dans l'intérieur de la pièce, sur le carrelage de laquelle il le jette à demi étranglé.

Bastien, qui avait pris au hasard la hampe d'une quenouille, se chargea de lui rappeler les sens. Félix se mit de la partie armé d'un parement de fagot. Ils s'évertuèrent à frapper alternativement sur ce corps à l'instar de ces jouets de kermesse à deux sous, représentant deux magots ayant chacun la tige d'un marteau planté dans le ventre et qu'on fait manœuvrer en tirant alternativement les deux tenons, un de chaque main.

Le premier usage que fit la victime du souffle qu'il recouvra fut d'entonner ce refrain :

Tapez, tapez, Martin d' Kaimbré,

J'ein sus cor quitte à bon marqué.

A cette voix, les gourdins s'échappèrent des mains de nos garnements, ils venaient de reconnaître Mathias, leur camarade, dont ils pleuraient le sort présumé en s'accusant d'un crime dont ils se croyaient passibles vis-à-vis la justice.

Après les premiers épanchements échangés, après avoir demandé pardon à Mathias de l'énergique réception qu'ils venaient de lui improviser de si bon cœur ; après avoir versé des larmes d'attendrissement sur cette figure noire de suie graisseuse au contact de laquelle ils teignaient les leurs, Bastien, transférant la lampe de la tablette de la cheminée à la table, dit à Mathias :

— Par uq ch'est qu' t'es pus noir qu'ein diable ?

Mathias raconta alors comment tout s'était passé, depuis sa chûte dans les cendres, son stratagème et comment l'aventure s'était terminée. Puis, joignant la pièce de conviction à l'appui, il leur montra le bout de corde ou la queue dont il se trouvait encore orné, ce qui changea les pleurs en ris et manifestations de joie d'autant plus fébriles qu'ils s'étaient crus tous trois destinés à la potence.

S'étant de nouveau débarbouillés, le feu de tourbe fut ravivé, Bastien descendit à la cave, en remonta un brou de bière, des pommes de terre et du tabac, il y avait de quoi passer le reste de la nuit avec de semblables éléments de veille et ce qui venait d'avoir lieu était d'ailleurs une distraction trop émouvante pour permettre à l'un des trois acteurs de fermer l'œil.

CHAPITRE VI

Tappez, tappoz, Martin de Kaimbré,

J'ein sus cor quitte à bon marqué.

Cependant, le bon vieux prêtre, remis de la surprise que lui avait causé cette visite étrange, s'en vint à douter de l'identité de ce prétendu démon. Il réfléchit un instant et resta convaincu qué, pour se tirer d'embarras, un larron découvert avait pu usurper le nom du prince des ténèbres. Le diable auquel il avait ouvert les portes n'avait d'ailleurs ni cornes, ni pieds fourchus et sa queue... sa queue pouvait bien n'être que... mais... voyons donc... cela se pourrait bien... je comprends... c'est cela... j'y suis... et sortant incontinent du presbytère, il leva les yeux et vit, enroulée autour du ballon de la cheminée, la corde de tille que nos maraudeurs épouvantés n'avaient pas songé à ôter avant de fuir et dont une partie était restée pendante dans le vide intérieur du ballon. Il devenait alors facile de se rendre compte du reste. Le côté surnaturel de l'apparition du faux ange déchu disparaissait ; la rupture de la corde expliquait tout ; le vol était donc la seule raison de cette alerte ; les pièces de lard décrochées gisant dans les cendres de l'âtre, ne permettaient aucun doute à cet égard.

L'inquiétude s'empara dès lors du bon vieux curé. Depuis qu'il dirigeait spirituellement cette paroisse, aucun fait de ce genre, aucun attentat contre le bien d'autrui n'avait encore attristé sa commune. Sa préoccupation principale était de savoir si ce vilain tour lui avait été joué par quelques paroissiens ou par des habitants des villages voisins.

Pour arriver à en connaître, il fallait, soit en ébruitant la chose, provoquer une enquête, ou chercher à découvrir seul les rouages de cette machination. C'est à ce dernier parti qu'il s'arrêta.

Il passa prestement son justaucorps, se couvrit de sa houppelande, emboîta ses sabots, mit sa calotte, prit sa fourche remisée dans la caisse d'horloge et sortit. Tout ce que pût dire la vieille Maxence qui le suppliait les mains jointes de ne pas s'exposer à pareille heure et avec autant de certitude d'avoir le cou tordu, ne parût qu'ajouter à son empressement.

Au seuil de sa porte, le curé remarqua sur le grésil qui blanchissait le sol, l'empreinte de semelles garnies de bossettes et entre chaque empreinte se continuait une sorte de ligne ou sillon noirci que la queue du pauvre diable ou plutôt le bout de corde souillé de suie avait creusé en traînant.

L'itinéraire était parfaitement indiqué, il n'y avait qu'à suivre.

Ainsi fit le bon vieux prêtre, marchant avec précaution et s'arrêtant de temps en temps pour écouter.

La piste traversait un petit fossé, il le franchit ; puis une haie lui barra la suite, il fit un long détour et vint rejoindre l'indice de l'autre côté de la haie au-dessus de laquelle le larron avait apparemment sauté.

Cinquante pas plus loin, la piste côtoyait une habitation et finissait à la porte d'entrée.

Le curé, arrivé là discrètement, perçut un rayon lumineux qui s'échappait par un interstice des planches disjointes d'un volet extérieur ; il y colla son œil et vit deux grands gaillards acharnés à bâtonner dur et serré un troisième sujet terrassé, puis, après quelques secondes, il entendit la voix du patient qui essayait de chanter les paroles que nous avons citées plus haut.

> Tapez, tapez, Martin d' Kaimbré,
> J'ein sus cor quitte à bon marqué.

Il lui fut donc aisé de reconnaître les trois coupables et d'entendre l'explication qui suivit.

Satisfait de cette découverte, il regagna le presbytère où la vieille Maxence, torturée de craintes et d'inquiétudes atroces, agenouillée devant un crucifix, priait pour son bon maître avec une ferveur à lézarder les voûtes du ciel.

— Merci, mon doux Jésus ! s'écria-t-elle en le revoyant, Sainte Vierge soyez bénie. Et l'enveloppant de son regard humide et attendri, elle lui adressa une série de questions que sa tendre sollicitude moins que la curiosité lui faisait vainement multiplier, car le vieux prêtre ne la satisfit guères en lui disant simplement :

— Rassurez-vous, Maxence, je n'ai couru aucun danger, vous pouvez vous retirer et dormir en paix.

— Monsieu l' curé, j' vas aleumer eune fouée et vos faire eune bonne tasse ed' café, cha vous r'mettra vo cœur.

— Inutile, Maxence ; mon cœur n'est pas démis. Vous oubliez, en outre, qu'il est plus de minuit et que je ne puis consommer avant la messe.

— Ch'est vrai, j' n'y songeos pus ! La bonne nuit, Monsieu l' curé.

— Bonne nuit, Maxence.

Après avoir réfléchi, médité et muri son projet, le curé, à son tour, alla se remettre au lit.

CHAPITRE VII

> Quand vous pourrez, venez m'entendre
> et le bon Dieu vous bénira.
>
> *(Cantilène).*

Le lendemain, c'était un dimanche, ses paroissiens réunis pour assister au Saint Sacrifice de la Messe, l'Évangile lu, il monta en chaire. Le prône et annonces terminés, il adressa à son auditoire les paroles suivantes :

✝ *In nomine Patris, et Filii, etc.*

> *Barabbas autem erat latro.*
>
> *(Evan. S. Matheum).*

Que l'esprit de Dieu soit avec vous, mes chers enfants, et vous maintienne dans la voie qui conduit à la bienheureuse vie éternelle.

Cette voie vous est toute tracée : c'est l'observation de ses commandements ; c'est dans leur accomplissement que vous trouverez la paix du cœur le bonheur ici-bas déjà par anticipation, car vous serez probes et honnêtes par excellence et vous vous souviendrez que le plus grand de ces commandements est celui-ci :

Vous aimerez Dieu par dessus tout et votre prochain comme vous-même.

Ne faites donc jamais à autrui ce que vous seriez mécontents qu'on vous fît ; mais, que contrairement, l'esprit de charité se manifeste parmi vous, faisant à l'égard des autres comme vous aimeriez qu'on agisse envers vous.

En vous rappelant cette loi suprême, M. C. E., je me sens attristé par l'obligation où je me trouve aujourd'hui de vous occasionner une certaine peine à cause de l'amitié que vous avez pour moi et que vous m'avez tant de fois prouvée.

Mais encore dois-je m'y décider et vous révéler que, cette nuit dernière, une tentative de vol avec escalade a été faite chez moi. Peut-être devrais-je vous accuser de complicité involontaire dans cette mauvaise action, car vous l'avez comme préparée et motivée. Ainsi, dans votre piété toute de considération bien honorable pour moi, sans doute, et connaissant la médiocrité de ma prébende, vous m'avez souvent apporté pour ma pitance et celles des nécessiteux, des victuailles soit de porc ou autres.

Ces offrandes que je ne demandais pas, auxquelles je n'avais aucun droit et que je tenais de votre seule générosité, ces présents qui m'arrivaient de chacune de vos familles et que je conservais sous le manteau de ma cheminée, ont éveillé un coupable désir et on a cru pouvoir me les retirer impunément en s'introduisant chez moi par cette même cheminée.

Des invocations de *Jesus Maria*, etc., etc., etc.;

Un brouhaha d'indignation, interrompirent un moment le prédicateur.

Cependant (continua-t-il) cependant, Dieu n'a pas permis que ce méfait soit couronné du succès que les auteurs avaient pour fin, car, pendant que les auxiliaires du principal larron le remontaient chargé de son butin, la corde qu'ils avaient d'abord empruntée à un de vos puits, vint à rompre et c'est le bruit qu'il fit en retombant qui nous éveilla, ma domestique et moi.

Ce que je déplore, comme circonstance aggravante dans les péripéties de cet attentat, c'est surtout l'impudeur et l'impiété que prouva le voleur surpris en flagrant délit ; et je le rapporte ici avec une sainte horreur, horreur que vous partagerez, mes chers enfants, quand vous saurez qu'aux questions que je lui adressai il me répondit, pour me terroriser apparemment qu'il était... le Diable !

Toutes les ouailles, à ce mot, se signèrent.

Je dois l'avouer, M. C. E., je fus épouvanté et déconcerté de cette sacrilège audace, mais me ravisant, je lui ouvris la porte du presbytère sur sa demande et le laissai sortir plus facilement qu'il n'y était entré.

Voici le fait.....

Maintenant, ai-je raison de croire ou penser que quelques-uns de mes paroissiens se seraient à ce point oubliés ?

Je vous demanderai sérieusement, je ne me connais pas d'ennemis, n'ayant jamais nui à aucun de vous. J'ai peu, je vis de peu et jamais l'infortune n'a agité le marteau de ma sonnette sans que je lui donne de ce peu. Mon vin, mon linge, vos offrandes, les malades et les pauvres y ont part ; mon temps et mes consolations sont employés pour aider et réconforter ceux qui souffrent et mes conseils sont à vous tous, mes bons enfants, en tous temps, en tous lieux.

Il y aurait donc à penser qu'il n'y a pas de traîtres entre nous et que les malfaiteurs ne sont pas de cette commune.

Remarquez que je n'affirme rien ; mais ce que je vous dis, c'est afin d'éloigner tout soupçon gratuit ou téméraire de votre part, cela est défendu. La Providence, mes chers enfants, toujours adorable dans ses desseins, non-seulement a empêché la perpétration du vol, mais encore a permis que je connaisse ses auteurs. (Sensation).

Je ne vous dirai pas par quel moyen je suis arrivé à faire cette découverte ; c'est au moins inutile. Ne croyez pas non plus qu'un ange soit venu me dire pendant mon sommeil le nom des coupables. Non : naturellement et guidé par la lumière providentielle, j'ai tout appris.

Donc, en quelque lieu que se trouvent ces hommes, ils sauront aujourd'hui, que je les connais, et je le dis en vérité du haut de cette chaire.... Ces hommes, jeunes encore, pourraient fort bien appartenir à de braves et honorables familles et n'avoir aucun mauvais précédent. Je ne veux pas livrer leurs noms et les déshonorer car ils peuvent racheter leur faute, bien grave assurément, mais enfin, ils pourront se repentir et s'en relever.

— Je désire donc, M. C. E., que la chose soit tenue secrète, le moindre mot pouvant amener la maréchaussée et nous exposer à une suite de misères que pour le bien et satisfaction de tous il faut éviter.

Je vous commande donc le silence le plus complet sur cette affaire.

Quant aux trois coupables, voici ce que j'ai décidé à leur égard pour prix de la grâce et pardon que je leur promets.

Ils déposeront collectivement, une somme de trente-trois écus de 3 livres dans le tronc qui se trouve scellé dans la première colonne à droite en entrant par le grand portail, au-dessus du bénitier. Je regarde ce dépôt comme chose faite. Cette somme sera répartie entre les vingt-deux familles indigentes inscrites au livre des pères des pauvres et sera distribuée avec un morceau de porc à chaque envoyé ou représentant desdites familles, dimanche prochain, onze janvier, à l'issue des vêpres, au presbytère.

Ainsi sera-t-il.

Je laisse à penser si nos trois associés étaient à leur aise pendant ce discours dont ils n'avaient pas perdu une syllabe.

A leur sortie de l'église, ils affectèrent une gaîté que leur pâleur démentait, ils comprenaient le besoin de conférer et n'auraient osé se communiquer l'état de leur âme ostensiblement.

— V'là du bon teims pou nous chouler tout râte, hémon ? (dit Bastien).

— Awi (dit Mathias) j'apprêtrai m'croche après mein deinner.

— Et ty, Félix.... veras-tu aveuq nous ?

— Daingereux qu'awi.

— A taintôt ; alors, à ch'marais d'Marquette.

— Awi, awi.

CHAPITRE VIII

Oui (disent-ils) Félix, cet enfant! a eu la fièvre
Il a fallu lui faire une tasse de café....

(FEU ADEUR).

Dans l'après-diner, les vêpres terminées, Bastien et Mathias se rapprochèrent à leur sortie de l'église et ne voyant pas Félix, ils s'acheminèrent vers sa demeure. Arrivés là, ils s'informèrent du camarade auprès de sa tante.....

— Oui (dit-elle) Félix, le pauvre garçon a eu la fièvre, il m'a fallu lui faire une tasse d'café.... Si vous voulez l'voir, il est couché dans sa chambre.

— Marchons (dirent les deux amis) là, ayant refermé la porte avec précaution et s'étant assurés qu'ils pouvaient parler sans crainte d'être entendus, la conversation suivante s'engagea entre les trois coupables.

BASTIEN. — Quoqu'ch'est qu't'a à traner si fort ? bultiau !

FÉLIX. — J'ai, qu'nos sommes pris et roustis.

MATHIAS. — Ch'est ty à cause d'chou que ch'curé qu'il a dégoisé à messe ?

FÉLIX. — Cha ! à t' mode ?....

MATHIAS. — Si t'as peur de ch'curé, t'es cor bougrement biette. J'm'apainse qu'y a dit tout cha pou no faire peur et pou l'y savoir queuqu'cose, mais, y n'sara rein.

FÉLIX. — No curé est pu malin qu'vos n'painsez ; y ein sait long.

MATHIAS. — Q'maint veux-tu qui conoche ni ty, ni Bastien, puis qu'y n'vos a peint vus, acore moinsse q'my qu'il a pris pou l'diable.

FÉLIX. — N'aimpêche; y l'y faut trainte tros écus ; y faut l'y donner u ben nos sommes fricassés.

BASTIEN. — Par uque ch'est qu'te veux qu'nos payonches trainte tros écus?.... ni ty, ni ly, ni my, n'porottles à nous tros ain treuver taint seulmaint chacun tros.

FÉLIX. — Y faut pourtaint y passer, y n'y a point d'miliu. Coûte que coûte, y no faut les treuver.

MATHIAS. — Quant à my, bernique.

BASTIEN. — Pour my, te sais ben qu'cha m's'ro aussi impossible que d'preindre l' leune aveuc mes deints. Mais t'y, Felisse, t'as t'nainte, d'mainde l'y à prêter.

FÉLIX. — Pus souvaint ! pou m'veinde et m'faire mettre à ch'l'huis ?

MATHIAS. — Veyons ain pau..... y arôt p'tête ben ain moyen..... mais..... vos allez r'culer com' des capeons.... j'ain sus sur d'avainche.

BASTIEN ET FÉLIX. — Noufé.... dis tein plain.

MATHIAS. — Vos conichez l'vieux Gallez, ain vieux goutteux, ein richard qui a s'cave ploine d'écus musis?

FÉLIX ET BASTIEN. — Après......

MATHIAS. — Y nos faut l'sommer........ y payra à no plache........

FÉLIX. — Et si nos sommes connus cha sra cor pir.

MATHIAS. — A moinsse que d'tain vainter, d'u veux-tu? mie-tout-cru !

C'est ainsi qu'ayant engagé un pied dans une voie criminelle, ces trois jeunes hommes y marchèrent cette fois tout à fait, en accomplissant une action que les lois punisaient alors comme aujourd'hui de peines infamantes, plus, la flétrissure.

Le lendemain, Mathias alla pendant la nuit, lier au marteau de la porte du riche fermier désigné, une croix formée de deux bottes d'allumettes de chanvre auxquelles adhérait un papier contenant ce peu de mots :

Si vos n'mettez point les trainte tros écus pour nous, avaint deux jours, dains l'tronc de ch'l'église, nos vos récauffrons.

CHAPITRE IX

J'ai un pied qui r'mue
Et l'autre qui ne va guère.

(KELM).

Le lendemain au matin, le premier homme de peine qui se présenta à la porte du vieux Gallez, s'enfuit épouvanté, tant cette menace d'incendie inspirait de terreur.

Cependant, se ravisant il revint sur ses pas, frappa résolument à la porte et alla informer le fermier de ce qu'il venait de remarquer.

Le vieux Gallez tout souffrant, alla délier le paquet, prit lecture du billet et se hâta de compter la somme exigée. Puis, il alla la déposer dans le tronc indiqué et se rendit au presbytère avec les allumettes et le billet comminatoire. Il raconta la chose au curé.

— Vous avez fort bien fait, lui dit le bon prêtre, vous ne perdrez point votre argent, vous ne faites que l'avancer temporairement. Laissez ces pièces ici. Je vous sais honnête homme. Je crois connaître l'auteur de cette menace, soyez tranquille, il ne vous arrivera aucun mal.

L'important est de garder le secret et de m'aider à sauver trois jeunes gens de la potence.

— Je ne demande pas mieux, répondit le fermier.

— Jurez-moi sur l'honneur de ne rien divulguer de ce que vous apprendrez.

— Je le jure.

— C'est bien.... je vous attendrai demain à midi, nous dinerons ensemble.

— Si ma goutte le permet.

— Vous en souffrez donc toujours ?

— De plus en plus.

— Il faut vous en faire quitte.

— Ah ! si c'était possible !

— Rien de plus facile.

— Vous plaisantez ?

— Non : faites une infusion de feuilles de frêne dans laquelle vous mettrez un gros de bicarbonate de soude, un scrupule de sel de duobus et deux onces de miel de Narbonne. Buvez-en une forte chopine en trois fois, avant une semaine vous serez tout-à-fait guéri.

— Merci mille fois, puissiez-vous dire vrai ! Ecrivez-moi tout cela de grâce, je vais commencer de suite.

— Voilà..... au revoir...... à demain à midi, apportez, s'il vous plait, vos pistolets,

— Le fermier regagna sa demeure et défendit à ses gens de souffler mot de la sommation qu'on lui avait faite.

Le lecteur a deviné que le curé avait de suite compris d'où procédait ce nouveau méfait. Il était temps d'arrêter ces trois jeunes gens si follement engagés sur la pente d'un gouffre inextricable.

Sa messe dite, il alla les visiter, chacun séparément. D'abord, ayant aperçu Bastien sur sa porte il le salua en souriant :

— Bonjour Bastien, bonjour ; bon courage,

— Bonjour monsieur l'curé, merci.

— J'ai un petit service à te demander.

— Dites, monsieur l'curé, dites.

— Viens prendre le café avec moi, demain à midi et demi, je te conterai cela. N'en parle à personne. C'est entre nous.

— Motus, monsieu l'curé, j'n'y mainquerai point.

Le bon prêtre fit à peu près les mêmes frais d'invitation près de Mathias et de Félix et obtint la promesse qu'ils seraient muets et exacts.

Seulement, Mathias devait arriver à une heure et Félix à une heure et demie.

Cette différence dans les heures indiquées avait pour raison d'empêcher la rencontre des trois camarades s'acheminant séparément vers leur destination.

CHAPITRE X

Il me convient assez, en épluchant les verbes,
Que ma femme s'inquiète un peu plus de ses herbes
J'aime mieux lui ouïr estropier un mot,
Que trop saler ma soupe et charbonner mon rôt.

A. DEVRED *(Parodié de Molière).*

Le fermier s'était rendu à midi moins quelques minutes à l'invitation du curé, muni de ses pistolets tels quels, c'est-à-dire, dans l'état le plus oublié.

Le vieux Gallez, fier d'avoir commandé dans son temps une compagnie d'artillerie, avait rapporté, en rentrant dans ses foyers, ces deux engins de guerre ; il les avait parallèlement accrochés à la cheminée de sa chambre comme trophées et témoins de la période qu'il avait traversée dans les milices de Sa Majesté. Or, depuis une vingtaine d'années, ces pistolets n'avaient point quitté leur clou et si on avait eu la velléité de vouloir en réclamer quelque service, leurs batteries seraient restées inébranlables en présence de cette prétention. Ces pistolets déposés sur la tablette de la cheminée, on se mit à table et tout en prenant le menu du repas, le curé instruisit son convive des circonstances relatives aux deux attentats dirigés contre eux. Il y avait une affinité bien établie et parfaitement déterminée dans les deux méfaits, le premier ayant motivé et comme conduit fatalement au second.

Il ne suffisait cependant pas d'avoir cette conviction mentale, il fallait des preuves et des preuves bien irrécusables. Ces preuves obtenues, il fallait encore arracher l'aveu des coupables par la raison, la menace ou l'intérêt. Enfin, obliger les instigateurs du tort fait, à le réparer à leurs dépens. A ce prix ils obtiendraient pardon, secret et l'oubli éternel. Le fermier avait pour la supériorité de son curé une estime qui lui donnait une entière confiance. Il promit de seconder les moyens préparés et d'aider de tous ses efforts à leur exécution.

Voyons quels furent ces moyens. Le lecteur leur trouvera sans doute une physionomie très-originale.

———

CHAPITRE XI

Si j'étais roi de France, disait le grand Frédéric, il ne se tirerait pas un coup de canon en Europe sans ma permission.

(Historique).

A midi trente-cinq minutes, le heurtoir de la porte retentit. Le curé alla ouvrir à Bastien et l'introduisit dans une salle séparée de celle où il avait laissé le fermier.

— Je vous ai prié de venir me rendre un petit service (dit-il à Bastien) j'ai compté sur votre complaisance.

— Tout chou qu'vos vodrez, monsieur l'curé.

— Voici : et le conduisant à son bureau, il s'agit, *tout simplement* de copier cette liste que mon confrère de *Wasnes-au-Bac*, m'a adressée pour les enfants de sa paroisse devant recevoir le sacrement de confirmation prochainement. J'ai la main droite momentanément affectée d'un tremblement nerveux et ne saurais écrire deux mots de suite.

— Ben volontiers, mossieu l'curé.

Et selon le modèle qui lui fut mis sous les yeux, Bastien transcrivit ce qui suit, séance tenante. Seul des trois coupables, Bastien savait écrire. Le curé ne pouvait l'ignorer.

LISTE DES ENFANTS DE WASNES-AU-BAC PROPOSÉS POUR LA

CONFIRMATION.

Jean-Baptiste	Récauffrons
Louis	Nosvos
Victorine	Ch'l'église
Magdelone	L'troncde
Théophile	Joursdains
Françoise	Avaindeux
Alberic	Nous
Ambroisine	Ecuspour
Isidore	Traintetros
Adrien	Pointles
Augustine	Mettez
Peneloppe	Sivosn

Cette liste copiée, le curé la prit et lui donna autre chose à transcrire.

Pendant ce temps, il alla découper les singuliers noms propres de cette liste en étroites bandelettes et passant la langue sous chaque en commençant par la dernière et en remontant par ordre il les étendit sur une feuille gommée préparée à l'avance et reconstitua identiquement la teneur du billet de sommation. (Voir plus haut).

Le heurtoir retentit une deuxième fois, c'était Mathias.

Mathias fut dirigé sur le jardin. Maxence le pria, en attendant que monsieur le curé ait congédié une visiteuse, de voir s'il ne serait pas à propos de donner un peu d'air aux plants d'artichauts. Mathias se montra aussi flatté qu'empressé.

— Manque à un (dit le curé au vieux Gallez) nous allons les tenir à merci et les rançonner d'importance.

— Tant mieux, ce sera pain béni.

— Voyons : tenez ce pistolet près de vous sur la table, la main sur la crosse. Nous allons nous trouver deux vieillards contre trois vigoureux gaillards que le diable a déjà réussi à faire prévariquer; ne les tentons pas.

Il faut leur en imposer par une contenance résolue. J'ai tout prévu. Voici une vieille poire à poudre dans laquelle il y a encore de la graine de poireaux depuis l'année dernière et magister m'a prêté jusqu'à demain ces plombs d'épervier que nous allons laisser sur la table près de la poire à poudre. J'ai réussi, après maints efforts à ouvrir le couvre-feu d'un de vos pistolets. Je vous engage, alors que vos gaillards seront entrés ici, à y verser un peu de graine et de me tendre l'arme aussitôt le bassinet recouvert.

— Ce sera fait ainsi.

Un coup sec produit par le choc du marteau sur son tas, annonça l'arrivée du numéro trois.

C'était en effet Félix.

Il fut introduit de prime abord dans la salle au lard ou s'étaient attablés messieurs le curé et Gallez.

Maxence avait mission, aussitôt Félix arrivé, de faire entrer Bastien et Mathias.

Ces deux derniers vinrent aussitôt, à quelques secondes d'intervalle. Ils se trouvèrent à leur grand ébahissement, réunis en présence de ceux contre lesquels ils avaient dirigé leur leur œuvre d'iniquité.

———

CHAPITRE XII

, Le côté le plus désagréable pour le garde national immobile, est le service de nuit, il préfèrerait.... s'en aller....

— Maxence, avanaez des sièges à ces messieurs et retirez-vous........

Maxence obéit. Le curé alors parla ainsi. Or ça, mes imprudents paroissiens qui, au mépris de tous bons principes d'honneur et de probité avez cédé à de mauvaises pensées, je vous ai appelés tous trois ici, afin de vous sauver, s'il se peut, de la corde avec laquelle vous ne pouvez vous amuser plus longtemps sans y prendre vos têtes.

Mais, en parlant de corde, je prie Mathias de vouloir bien me dire où il a caché ou ce qu'il a fait du bout de celle qu'il traînait avec lui en sortant d'ici, dans la nuit de samedi dernier, tout barbouillé de suie, avec l'impudente prétention de se faire passer pour le diable.

Pauvre diable s'il en fut!.... il avait ses ailes de chauve-souris trop courtes, il ne pouvait plus remonter par où il était descendu ; il priait comme un simple mortel qu'on lui ouvre la porte !

En débitant cette amère épopée, le curé s'était comme adressé à son convive, lequel s'était contenté pour toute réponse, de hausser les épaules en signe de mépris....

Quant à nos trois marauds, ils étaient devenus d'une affreuse lividité. La fièvre avait de nouveau pris possession de Félix, sa mâchoire exécutait malgré lui, un roulement *crescendo* qui lui détraquait la charpente du *facies.*

Le curé continua : Il faut cependant, s'il n'y a pas moyen de *rechuquer* cette corde que vous êtes allés, pour commencer, dérober du puits de la veuve Dumouriez pendant son sommeil, et dont vous avez abandonné ici la plus forte partie ; si on ne peut la raccorder solidement, il faudra la remplacer par une neuve que vous me rembourserez de vos deniers.

Silence..... attérissement.......

Le curé poursuivit : Ce bout de corde que vous portiez encore à votre entrée chez Bastien et pendant que les gourdins de vos confrères vous mortifiaient les côtes, qu'en avez-vous fait ?.... puisque vous ne l'aviez plus en sortant de là ?....

Voyons Bastien, ce bout de corde est-il encore chez vous ?

— Mossieu l'curé, j'vos jure.

— Silence...... Bastien, n'ajoutez pas par un parjure à la gravité de votre situation..... S'il faut faire une descente chez vous pour trouver ce bout de corde, je l'ordonnerai de suite et avant que vous ne sortiez d'ici je le mettrai sous vos yeux.

Muette consternation.....

— Je vous ai dit, dimanche dernier, du haut de la chaire : je connais les auteurs de la tentative de vol organisée à mon préjudice, et au lieu de les déshonorer et leur famille en les livrant à la justice, je les ai condamnés à racheter leur faute par une bonne action. Je vous attendais donc, ou au moins un de vous, au nom des trois, pour nous entendre. J'aurais trouvé la somme et vous auriez eu du temps pour rembourser..... Mais non, le diable qui vous comptait déjà au nombre de ses serviteurs vous a autrement conseillés et vous avez eu la criminelle pensée de sommer lâchement un honnête homme, un brave militaire, d'acquiter la peine de votre méfait et ce, par une odieuse menace d'incendie !......

— Quaint à cha, monsieu l'curé, vos n'porôtes point nous prouver aîne action ainsin.

— Il y a deux heures, cette preuve, je ne l'avais pas, quoique bien certain ; car, quels autres que les auteurs du mal pouvaient avoir intérêt à forcer une personne étrangère à payer pour eux ?

Il n'y a pas de réponse à cela, cependant, il me fallait, s'il était besoin de l'intervention de la justice, une preuve irréfragable.

— Cette preuve, vous me l'avez *vous même* écrite, tout-à-l'heure, de cette main coupable qui a tracé cette sommation.

Et en disant ces mots, le curé prit, vis-à-vis lui, dans le tiroir de la table, les deux bottes d'allumettes liées en sautoir et exhiba l'écrit comminatoire.

Voici les noms que vous avez copiés tout-à-l'heure, je les ai séparés des autres noms de baptême et les ai classés comme vous voyez, sur cet autre papier afin que vous ne puissiez nier l'identité de l'écriture reproduisant exactement la teneur de votre sommation.

Voyons : approchez et lisez haut....Bastien forcé d'obéir, lût d'une voix que la terreur faisait chevroter.

« Sivosn mettez pointles traintetros écuspour nous avaint-deux joursdain le tronc de ch' l'église nosvos récaûffrons. »

— J'ai caud, (dit Mathias en se penchant vers Félix) j'vodros ben m'ein aller.

Mais Félix était incapable de répondre ; de fortes gouttes découlaient de son front et sa respiration pressée accusait l'angoisse de son âme.

— Eh bien Bastien, dit le vieux prêtre, êtes vous aussi convaincu que nous•?

Bastien. — Monsieu l'curé... y n'y à point eu, taint seulemaint, eine veine et nos tiots dogts, à nous autes tros, qui a buslé à mett el fu al mazon Gallez, ch'étot pou rire et nos amuser.

— Je regrette pour vous, mes gards, que vous ayez choisi ce genre de divertissement ; vous êtes d'autant plus coupables en cela, que vous avez voulu faire porter à un innocent la peine de votre faute,

La loi n'admet pas de reticences à cet égard et pour que vous n'ignoriez rien de ce qui vous est réservé, je vais vous lire la disposition du texte qui vous sera appliqué.

Et le bon vieux prêtre s'étant levé, prit dans un rayon de sa bibliothèque un in-octavo et l'ayant ouvert à l'endroit qu'il avait marqué d'avance leur lut gravement ce qui suit :

Art. 000 « Toute tentative de vol avec escalade ou « effraction sera punie de trois à cinq années de « détention. »

— Voilà pour le premier cas.

Passons au deuxième.

Art. 000 « Toute menace d'incendie faite clandestine-« ment par voie de sommation, ayant pour objet de « prélever et extorquer une somme d'argent quelconque « de la part du menacé, que cette menace soit ou non « suivie de l'un ou l'autre effet, sera punie, outre la « flétrissure, de deux heures de carcan et de quinze à « vingt-cinq années de galères. »

— Comprenez-vous, malheureux, qu'il n'y a pour vous aucun moyen de vous soustraire à l'exercice de la loi ?

Félix dont les forces étaient épuisées se laissa tomber sur ses genoux et joignant les mains il s'écria en sanglottant.

— Monsieur l'curé !... pour l'amour du bon Dieu, sauvez-nous !... nos f'rons tout chou qu' vos vodrez.

— Awi (renfoncèrent les autres qui avaient imité l'action de Félix) tou chou qu' vos vodrez !...

Le bon curé respira. La leçon profitait.

— Si j'étais bien certain... si vous me juriez qu'à l'avenir.....

— Nos sommes prêts à faire sermaint su les pieds du bon diu...

— Il y aurait peut-être bien un moyen, car, il faut, indispensablement, que vous remboursiez cet homme respectable que vous avez saigné d'une somme de trente trois écus...

Ne pouvant le faire facilement et sans danger de retomber dans la tentation de recourir à quelque procédé peu honnête pour les trouver, je ne vois qu'un seul moyen : y correspondrez-vous ?

— Quoqu'ch'est qui faut faire, monsieu l'curé..... nos sommes déterminés.

— Voici ce que je propose : Notre sieur Gallez, ici présent, ayant de la besogne pour pouvoir utiliser vos bras dans sa ferme, ne refusera pas, à ma prière, de vous prendre à son service, tour à tour, pendant une année ; ce qui fera quatre mois pour chacun de vous.

Vous serez logés et nourris, vous gagnerez trois écus chaque mois, vous laisserez ces gages à valoir en paiement de votre emprunt et on vous remettra, sur ces trois écus, une pièce de quinze sols pour votre bon plaisir. L'année terminée, vous serez quitte et personne ne saura jamais rien ; cela vous convient-il ? Tous trois : awi monsieu l'curé, merci ein million d'fos nos passrons dains l'iau et à travers fu pour vous quaind vos vodrez.

— Assez ; c'est bien ; que Dieu soit loué !.... Rendez-lui grâces, qu'il vous pardonne et vous inspire selon votre devoir à l'avenir.

— Je vais écrire votre engagement et vous le signerez avec M. Gallez qui oubliera, comme moi, votre dangereuse escapade. Maxence ! Maxence !.... apportez une bouteille de vin et trois verres pour ces jeunes gens.

L'écrit terminé, le vieux Gallez mit son pince-nez et le signa.

Bastien signa sans hésiter.

Les deux autres déclarèrent ne point savoir le faire, mais ils firent chacun une croix sous chacune desquelles Bastien écrivit, sur l'invitation du curé, croix de Félix, croix de Mathias.

C'est ainsi que ce bon vieux prêtre sauva de la fange du crime où ils s'embourbaient, trois étourdis auxquels un moment de convoitise avait fait oublier les principes de probité et de saine vertu dont leurs parents avaient été pour eux un irréprochable exemple.

FIN DE LA PÊCHE AU LARD.

2

DEUX NUITS A PARIS L'ÉTÉ

PRÉAMBULE

Moralement contraint à reproduire une de mes rengaines, tirée à un petit nombre d'exemplaires, je cède à une exigence qui n'admet ni mes protestations ni mes répugnances.

Je sais, à l'avance, que j'affronte encore le coup de massue qu'un certain monde tient en réserve pour les écrivains qui ont l'impudeur de parler de certaines choses, mais, en revanche, le jugement de lecteurs plus sérieux percevra mon but et m'excusera d'avoir écrit cette critique contre la malpropreté de certains hôtels et d'ajouter une épingle à cet étalage d'inintelligente pruderie dont se parent quelques déités de comptoir.

PREMIÈRE NUIT

Savez-vous pourquoi, estimable lecteur, pourquoi les équipages, toilettes, et autres exhibitions luxueuses sont plus rares en cette saison sur les boulevards de la capitale ?

Savez-vous pourquoi on y circule avec plus de liberté ?

— Sans doute (me répondrez-vous)..

Les attraits de la campagne......

On aime à s'y abriter sous la zône tempérée d'ombrages rafraîchissants de la chaleur tropicale et à fuir ces bains de poussière imposés à Paris par son macadam incessamment tourmenté. A la campagne (ajouterez-vous) la vie est toute contemplative et admirative, vous vous y reposez tout en méditant sur les beautés de la création.

Si votre cœur est pur de toute inscription de bourse, d'intrigue, de jeu, d'orgueil surtout, vous essayerez de ces jouissances pures, éthérées, inénarrables, impinxibles de l'âme, quelque soit le numéro de votre case dans la société.

C'est assurément dans ce tête-à-tête intime que Virgile a enfanté ces inimitables idylles, ces églogues immortelles que nous aimons tant à lire et quantes vous cuidrez vous mettre en rapport avec la nature ; si votre cœur reste insensible au caquet des feuilles, aux modulations du filet d'eau, aux caresses du souffle qui vous rafraîchit, aux chants si variés des oiseaux, aux parfums des fleurs, aux couleurs qu'elles empruntent à l'écharpe d'Iris et qui font tant de bien aux yeux ! Aux herbes ondoyantes des prairies, à ces riches moissons, à ces fruits resplendissants d'or et de pourpre.

Je m'écrierai avec le poète : *væ* !...

Or, estimable lecteur, quelques puissants que vous paraissent ces attraits de la campagne, ils ne sont pas les seules causes des migrations en question.

J'en ai expérimenté une encore plus déterminante.

C'était en 1857, j'étais arrivé à Paris vers neuf heures du matin ; j'avais, depuis, arpenté 10 lieues à pied pour voir quelques fondeurs de cloches et chercher dans leurs magasins de quoi remplir les cases vides de notre carillon de Cambrai et autres timbres introuvables.

Vers onze heures du soir, j'étais littéralement, ce qu'on dit ici, un homme *rkrant*, j'entrai donc à l'hôtel du P. D. rue St-Martin, pour y demander un gîte.

La dame assise à son comptoir, trop absorbée sans doute dans une lecture de feuilleton, resta muette comme un terne.

Je réitérai ma demande, mais cette fois en haussant le ton à ce diapason que vous connaissez, messieurs ; cette voix qui domine celle du puits de la rue des Rôtisseurs, qui fait taire les braillards, coupe la parole au charlatans de notre marché, fait apparaître, soit au portes, soit aux fenêtres, 10 têtes d'hommes et 100 têtes de femmes auxquels la frayeur moins que la curiosité n'a pas laissé le temps de donner le dernier apprêt ; cette voix qui un jour a suspendu le commandement des manœuvres de tout un régiment de cavalerie, exerça encore là son influence.

La dame fit un soubresaut ; le feuilleton lui tomba des mains et le ruban illustré de la sonnette auquel elle s'était nerveusement accrochée ayant cédé, l'enroula de ses ondulations.

Je m'empressai de relever la brochure et de la rendre à cette dame, non sans éprouver un certain trouble : je venais de reconnaître *(la famille Perlin)*. Donner mon véritable nom en ce moment était me livrer pieds et poings liés à une investigation, à un examen sans fin, m'exposer à subir une multitude de questions qui m'auraient peu flatté. Je livrai donc comme mien le nom d'un marchand de cerises recommandable du *Jolimetz* avec lequel on me fait souvent l'honneur de me prêter une ressemblance sosistique.

D'un magistrat ignorant

C'est la robe qu'on salue.

Or, ma robe (je le déclare) n'était pas d'un tissu propre à provoquer quelque considération ; ouvrier, j'en avais l'accoutrement et comme tel je fus traité.

Le garçon me remit une clef portant le n° 56, plus, un bougeoir, à quoi je priai d'ajouter une carafe d'eau potable, du sucre, et cinq centilitres de genièvre, coût : 4 fr. Après quoi j'entrepris mon ascension en sept points ou sept paliers, *comme vous voudrez*. Physionomie de galetas : tapissé vert et gris.

Enfin, j'étais en présence d'un lit !.....

Avez-vous déjà éprouvé, cher lecteur, combien ce temps est doux, alors que, fatigué plus que de coutume, il vous est accordé de reposer vos membres brisés sur une couche duvette ?... C'est alors que l'œuvre réparatrice d'un sang stimulé outre mesure s'accomplit, se traduisant d'abord par un frisson agréable, précurseur du sommeil, dernière période du repos.

Vous comprenez ?

Ne voulant rien perdre de ma nuit, j'éteignis ma bougie et fermai les yeux.

Combien de temps ?

Hélas !... ou plutôt.

Horreur ! . . . .

. . . .

Je ne savais ou porter les mains.

Des cuissons déchirantes, des empoules d'un volume inconnu se produisirent sur tout mon être.

J'enfonçai mes ongles dans les chairs...

Torturé, je sautai bas du lit, ouvris le vasistas et courus à mon pot à l'eau pour m'en inonder.

Je tatonnai dans tous les coins pour y trouver une *chimique* oubliée ou méprisée par un précédent occupeur et *(Deo Gratias)* mon souhait fut exaucé, la bougie fut rallumée.

Mon premier regard tomba sur le lit que je venais de quitter ; il était littéralement conquis par une force assez imposante pour faire reculer les plus intrépides !

Cependant, soit l'effet de la lumière ou tactique savante de l'ennemi, sa retraite s'opéra en un clin d'œil.

Je me mis à réfléchir, assis sur l'unique chaise meublant mon galetas, ma montre n'accusant que minuit 1/2 et ne pouvant avoir raison de mon envie de dormir, j'eus recours à un moyen que je crus excellent.

Je tirai un drap du lit et après l'avoir secoué et visité minutieusement, je m'en enveloppai des pieds à la tête comme d'un linceuil bien hermétiquement serré défiant l'amée carnivore qui m'avait si bien exploité une première fois, et m'étendis sur le matelas.

Quand je m'éveillai de nouveau, le cou était raide, et d'un volume considérablement augmenté. Les vampires s'étaient entendues pour se ranger en collier sur la seule partie de mon individu restée accessible. Si j'avais dormi trois heures de plus on aurait écrit à ma veuve que je m'étais suicidé ; car, de l'appétit dont la gent cannibale m'entamait, il aurait certes fallu moins de temps pour détacher la tête du tronc. Je roulai une serviette imbibée d'eau fraîche autour du cou et me frictionnai les jambes pour rappeler le sang qui me tendait la face et me faisait craindre quelque chose comme une apoplexie.

J'accusai assurément des symptômes vertigieux car, il me souvient encore que, dans cet affreux état, je marmottais en chantonnant ce fameux refrain :

Voila la vie, voila la vie

Du vrai Bohémien

Parisien.

Cependant, j'avais repris mes sens peu à peu et apprécié ma position, je m'habillai prestement, m'avalai des 7 étages et m'élançai dans la rue.

Le café faisant coin de droite en regard de la porte St-Martin, ouvrait sur le boulevart.

Je m'y réfugiai.

— Garçon : Une bavaroise au lard ?

— Au lard ! (répéta le garçon pâle de surprise).

— Au lard.

Et je déposai mon gourdin de bouleau sur l'unipède de marbre blanc auprès de mon gibus.

— Pardon M....., entré depuis un mois à peine... je n'ai pas l'habitude de préparer les bavaroises au.....

— Au lard ?

— Monsieur sera assez bon pour m'excuser, et s'il n'est pas trop pressé le patron à son lever s'empressera de servir monsieur.

— En êtes vous bien sûr ?

— Sans aucun doute.

— Je vous accorde trois heures et n'attendrai pas une minute de plus.

— Voici la *Presse*, la *Patrie* d'hier soir. Monsieur sera sans doute bien aise d'apprendre que le Congrès de Paris doit se réunir de nouveau pour résoudre certaines propositions qui......

— Qui ne vous regardent pas.

— Cependant.....

— Quoi ?

— Rien ! Oh rien..... je suis tout-à-fait de l'avis de monsieur.

Et le garçon époussetait de son plumeau avec une ardeur fiévreuse à tout briser.

Je m'étais à demi couché sur un divan pour m'indemniser du mauvais temps que je venais de passer ; j'entendis, pendant mes intermittences somnolentes, ce même garçon demander au second entrant, (un habitué apparemment).

— Dites-moi donc : avez-vous déjà consommé des bavaroises au lard ?

— Des bavaroises au quoi ?

— Au lard.

— Au lard ?

Oui au lard, quoi... au porc, au cochon, si vous aimez mieux.

— Non... pressez mon chocolat, s'il vous plaît.

Dix minutes après, un autre consommateur, (genre casseur) un de ces roués bâtards qui ont tout fait, tout vu et ne veulent jamais rien ignorer, était de nouveau interrogé par le garçon.

Craignant de perdre quelque chose du colloque suivant, je feignis de ronfler comme un bienheureux, et notre dernier venu, se rengorgeant, répondit avec une comique impudence.

— Vous me demandez, jeune homme, si j'ai consommé des bavaroises au lard ? eh ! eh... ! un peu, mon neveu..... On se souvient de s'en être repassées..... en ai-je lampé de ces coquines de bavaroises ! surtout à Munich !... C'est là où on les rédige le mieux, néanmoins, et quoique, je leur préfère celles d'Odessa, au suif.....

— Au suif ?...

— Au suif demi sel, fouetté... C'est plus fin.

— Demi... sel... fou...

— Crème de suif, mon cher, tout ce qu'il y a de plus crème !.....

— Bigre !... cela doit être.

— Chouette... mon fiston...

— Et cela coûte ?

— Un demi rouble... mon riz au lait, hein ?

— Voilà... voilà.

— Surtout, plus de ton S... sucre en poudre, c'est moitié fécule, je préfère en morceaux.

— Suffit.

Et le garçon s'esquiva pour aller rendre compte au bourgeois déjà fort intrigué et encore plus effrayé de cette déconsidération dont il se trouvait menacé par l'impossibilité de pouvoir servir une bavaroise au lard. — Son premier soin sera d'écrire ou d'aller en personne chez Chevet, Véfour, Véry, les Provençaux : heureux si son consommateur passe sur son divan les trois heures annoncées. Vers neuf heures, je réitérai ma demande ; le cafetier conférait avec ses aides et m'observait.

— Garçon, la bavaroise demandée...

— Impossible, monsieur... les extraits sont épuisés d'hier soir, nous en attendons de Munich... Si monsieur désire autre chose ?

— Non.

Et armé de mon bâliveau je recommençai à arpenter les rues de Paris presqu'aussi dispos que la veille.

Chemin faisant, je m'ingéniai, en méditant sur les désagrémens de la veillée précédente, à chercher un moyen de me soustraire à ce supplice la nuit suivante. Je finis par en trouver un : procédé original, inouï, à moi, et que je crus infaillible.....

Nous verrons bien.

Tout préoccupé de mon projet, je gagnai la rue Montmartre, puis les boulevards ; un marchand de parapluies m'y pourchassa. Pour me soustraire à son obsession je pressai le pas, traversant la foule sans considération ; cet empressement me valut le choc total d'un platrier.

On connait les allures autocratiques de ces véritables tyrans de trottoirs. Sa poussière me transforma de la tête aux pieds, je passai du noir au blanc sale.

Mon bâliveau échappé de la main rou'a dans la fange du ruisseau voisin ; m'étant baissé pour le pêcher le bouton d'une de mes bretelles céda.

Le marchand de parapluies rivé sur mes pas s'empara de mon bâliveau pour l'essuyer. J'étais vaincu par ce surcroît de prévenances. Je lâchai les cent sous pour l'objet de 4 fr. 50 laissant le surplus à mon officieux persécuteur pour garder mon bâton jusqu'à la brune.

Cependant, la défection de ce maudit bouton me mettait dans un embarras tel que je lui trouvai les proportions d'un accident sérieux en l'espèce, surtout pour un provincial en course dans les rues de Paris. Qu'on se figure mon malaise. Je sentais, à chaque pas, que je ne pourrais trotter bien loin de cette façon. J'avisai de toute parts après une échoppe de ravaudage. Je fis cent pas en avant et deux cents en arrière tout en maintenant de mon mieux le vêtement infidèle prêt à dégringoler et m'arrêtai tout désappointé vis-à-vis un magasin derrière les glaces duquel je regardai indifféremment de magnifiques et frais bouquets de fleurs artificielles et sur un plan plus reculé, je distinguai quelques minois mutins et rieurs façonnant et tirant l'aiguille sur des carcasses de chapeaux.

— Bon (me dis-je), voilà l'affaire. Entrons :

Le timbre correspondant à la clinche m'annonça.

Le magasin était alors veuf de chalands. Les yeux moqueurs de sept à huit jeunes ouvrières me fusillèrent. Je me trouvais dans un des magasins de modes les plus huppés.

Je fis bonne contenance et, m'approchant du comptoir, je demandai à la demoiselle qui paraissait dominer les autres par la surélévation de son tabouret, si je pouvais avoir l'honneur de parler à la patronne de l'établissement.

Ces demoiselles faisaient de louables tentatives pour garder leur sérieux et d'inutiles efforts pour ramener leurs regards sur leur ouvrage. C'était trop se violenter.

Sans me répondre, la demoiselle, se tournant à demi, saisit un cordon au tuyau acoustique à sa portée et ayant appelé engagea un court dialogue ensuite duquel elle me dit le plus sérieusement qu'il lui fut possible : — Veuillez s'il vous plaît, Monsieur, prendre la peine de vous asseoir ; Mme *Eliska* va descendre dans un instant.

Je n'avais garde de m'asseoir ; je m'en excusai.

Les demoiselles chuchotaient, me regardaient et souriaient.

Le temps était au beau fixe et je portais un parapluie d'une main, l'autre maintenait l'édifice compromis déjà nommé.

Je me préoccupai peu de ce que ma contenance offrait de ridicule.

Après deux minutes d'attente, Mme Eliska parut. Je la saluai militairement de mon riflard, faute de mieux. Elle s'avança vers moi et me demanda ce que je désirais.

— Madame, je désire vous entretenir en particulier.

— Moi ? Monsieur...

— Vous-même, Madame.

— Mais, Monsieur... je ne sais... je n'ai pas l'honneur de savoir à qui... Je lui tendis mon passeport.

— Voilà, Madame, un gage certain de mon honorabilité.

— Mais enfin, Monsieur, à quel propos ?... car je ne sais vraiment si je dois, si je puis...

— Madame, je vous en conjure, n'ayez nulle crainte, croyez-en mon respect et la netteté de mes intentions... ; ce qui m'a fait entrer chez vous est d'une suprême importance et je suis impatient de vous en faire part...

— S'il en est réellement ainsi, Monsieur, entrez, s'il vous plaît, dans ce salon.

— Après-vous, Madame.

— Pardon.

Et ayant tiré la porte après moi, je m'assis sans façon sur une causeuse, tandis que la modiste s'étalait dans un fauteuil.

C'était une belle grosse mère de trente-quatre à trente-six ans, un peu potelée, mains soignées, yeux et cheveux noirs en bon état, ayant un grain de beauté assez prononcé à la droite du menton d'où s'échappait un faisceau de duvet passé à l'état solide.

Je ne la fis pas attendre.

— Madame, je ne sais comment vous jugerez ma démarche, mais vous êtes femme et mariée, sans doute ?

— Oui, Monsieur.

— Eh bien, Madame, vous devez avoir bon cœur, vous allez apprécier. J'attends de vous un service qui me sauvera d'un cruel embarras.

Ce service, je l'implore, je le réclame de votre bonté. Je le paierai vingt fois ce qu'il vaut. Un moment de complaisance de votre part rendra la paix à mon cœur, le calme à mon âme.

— Monsieur !...

— Oh ! Madame... croyez...

— Mais enfin, expliquez-vous.

— Volontiers : Il y a deux lieues d'ici à l'hôtel où je suis descendu. Attendu dans ce quartier pour déjeûner à midi, je me trouve en retard. Je cherche depuis tantôt une heure où faire réparer l'accident dont je suis victime, et cela vainement.

Je suis entré ici et je suis bien décidé à ne pas en sortir que vous ne m'ayez rendu le service que je réclame de vous, au nom de l'humanité.

— De quoi s'agit-il donc, Monsieur, vous commencez à m'intriguer.

— De presque rien, Madame, recoudre simplement un bouton ici.

J'avais prononcé ces derniers mots si bénoîtement que Mme Eliska, dont l'indignation allait éclater, éclata, au contraire d'un immense accès d'hilarité et ouvrant la porte du salon, sans pouvoir se modérer, elle initia ses demoiselles au mystère de l'entretien secret que je lui avais demandé.

Ce furent des cris, des trépignements, un tumulte assourdissant dans le magasin. Chacune de ces demoiselles daigna se déranger pour venir m'inspecter et me rire au nez.

Je laissai faire.

La dame revint, cependant, quand la tempête fut un peu apaisée et me tendant mon passeport laissé sur le comptoir :

— J'aurais pu, Monsieur, me formaliser de votre impertinence si elle ne trouvait son excuse dans votre ignorance des convenances et usages reçus entre personnes d'un certain monde. Un provincial, seul, est capable de ces énormités. Allez, Monsieur, j'oublie l'outrage pour ne voir que le côté grotesque de votre demande.

— Madame, vous avez abusé du secret que j'avais confié à votre délicatesse et voulez en vain m'écraser de vos sarcasmes ironiques, ce qui, par parenthèse, est peu généreux, je vous ai déclaré que je ne sortirais pas d'ici sans le bouton absent solidement remplacé.

— Monsieur, je vais sonner mon mari.

— Sonnez, Madame, sonnez très-fort. Je serai enchanté de faire sa connaissance, voir si les deux font la paire.

Je commençais aussi à m'amuser.

— Vous allez être satisfait.

— Je l'entends bien ainsi.

Le mari s'étant enquis du motif de l'appel, je lui racontai naïvement la chose.

— Je comprends votre état de gêne ; c'est excessivement embêtant.

— Voyons : Liska, rends ce petit service à Monsieur.

— Comment ! tu plaisantes... tu voudrais que je...

— Ta ta ta, pas tant de façon ; un bouton est bientôt cousu, que diable. Si tu ne veux pas, il y en a là-bas qui ne demanderont pas mieux.

— Qui veut coudre un bouton parmi ces dames ?

Chœur : Moi ! moi ! moi ! moi ! moi !

Ces demoiselles étaient toutes accourues se grouper armées près de moi et allaient sans doute me coudre chacune un bouton.

Je les contins à grand peine et, ramassant quelques bribes de rubans d'inégales longueurs, je leur fis tirer le sort.

Le plus long bout obtint la faveur de me ficeler l'attache.

Je laissai cent sous pour des bonbons à ces dames, saluai et sortis un peu moins gauchement que je n'étais entré.

FIN DE LA PREMIÈRE NUIT

DEUXIÈME NUIT

Le déjeûner se prolongea jusqu'à la brune. A mon retour vers mon hôtel, je cherchai dans son voisinage un magasin de détail d'épiceries. Je ne tardai pas à trouver cet amalgame de denrées exotiques et indigènes, objet de mes recherches, et y étant entré, je priai l'honnête marchand de me peser neuf hectog. de mélasse.

— Si Monsieur voulait me confier le récipient ?

— Impossible, veuillez y pourvoir, je n'ai que mon chapeau et vous comprenez...

— Parfaitement.

— Combien ?

— Un franc.

J'emportai mon sirop de mélasse.

Parvenu à mon septième, je me mis à l'œuvre, plein de confiance en mon stratagème et me promettant un dédom-magement complet. Je retirai le matelas du lit, je l'étendis au beau milieu du galetas et après avoir minutieusement inspecté traversin, draps et couverture, je rédigeai la couchette.

Puis, armé de mon pot de mélasse, je versai autour du matelas, à dix centimètres de distance, une rigole continue formant enceinte de ce sirop. C'était, selon moi, un cordon infranchissable, un rempart inexpugnable derrière lequel j'allais me retrancher et narguer l'armée.

Mais... attendez donc.

A finaud, finaud et demi.

A peine couché, ma bougie éteinte, ce qui est ordinairement le signal de l'attaque, l'ennemi se présenta. Arrêté par la ligne de défense et dépourvu des moyens de jeter un pont, il fit sa retraite, tint conseil et manœuvra en conséquence et d'ensemble selon le nouveau plan concerté ; plan qui accuse chez cette race une connaissance des plus approfondies de cette stratégie supérieure née des circonstances difficiles.

Jugez plutôt.

La légion fit volte-face, grimpa sur les murailles latérales, puis sur le plafond jusqu'au point de la ligne perpendiculaire à ma base et se laissa bravement choir en masse serrée sur la couverture. Ma position avait été forcée, la place était prise d'assaut. Je fus de nouveau envahi...

J'eus peur cette fois.

Et bien m'advint d'avoir pu rallumer ma bougie.

Je fus impitoyable. Le massacre était devenu un besoin pour moi.

Je me complaisais dans cette œuvre d'extermination quand j'en fut distrait par des exclamations et plaintes perçues à travers ce qui me séparait du n° 58.

Ne doutant pas que quelqu'autre infortuné voyageur ne se trouvât dans un cas pareil au mien, je me permis de cogner contre la cloison.

— Vous avez mal ?

— Expreigue.

— Je demande si vous souffrez ?

— Meynier, mein god, meynier ! Ney canispreyque France ; moi layenn grande souffrance ; tay, ce misérablé plaisir.

Je n'étais pas de force à continuer la conversation. Je sonnai. Le garçon de service parut cinq minutes après.

— Monsieur a sonné ?

— La carte, s'il vous plait.

— Il n'est pas minuit.

— Je pars dans dix minutes.

— Suffit... Pourquoi Monsieur a-t-il transporté le matelas ?

— Pour raison de santé.

— Quelles sont ces taches noires sur le sol ?

— Du sucre brut.

— Et à quel effet?

— La garnison crève de faim.

— J'en informerai le patron.

— Veuillez y joindre mes sincères félicitations.

— Monsieur pourra acquitter la carte au comptoir, on n'a pas encore fermé.

En descendant, je surpris encore ces mots à la faveur d'une porte entr'ouverte.

— Je disai à vô, ce appartemente il être pas confiourtabeule à cause de cé misérables petiouts insecti; wery-veil! « il avé osé se pôoter » sur le personne de mylédy pendant le sioummeil de môa, c'était abominabeule !

— Cependant, mylord.... je ne comprends rien à cela. Chaque jour on a soin de bien examiner.

— Je disé yès à vô, je volé pas de ce appartemente.

C'était le même poème sur un autre chant.

Il y avait impartialité dans la répartition.

— Garçon, la carte à payer.

— Voilà!

Je la reproduis :

Deux nuits.	5 fr.
Service et bougie . . .	3
Dommage au plancher . .	6
Ne pas oublier le garçon .	2
Total. . . .	16 fr.

De retour à Cambrai, ma famille témoigna d'inquiétudes sérieuses sur ma santé.

J'avais eu occasion de me peser naguère avec mes amis; il me fallut subir une contre-épreuve afin de rassurer les miens.

Je constatai avec effroi un déficit de 10 kilog... Et voilà !

GOUACHE PRISE SUR LE LITTORAL DES CLAIRS

ENTRE DOUAI ET CAMBRAI

En ce temps-là, la probité fort malmenée s'était réfugiée à Aubencheul-au-Bac.

C'était quelques années avant l'établissement de notre voix ferrée, de ce tronçon si désiré, si chèrement acheté et d'un service si peu commode à la fois.

On nous permettra cette dernière remarque en songeant non seulement aux stations auxquelles nous sommes condamnés dans les salles des Pas-Perdus de Busigny ou Sommain, soit que nous désirions passer outre ou que nous y soyons ramenés, mais encore à l'occasion de la suppression du service de vicinalité incontestablement le plus nécessaire au commerce de notre arrondissement. (1)

(1) Au moment de mettre sous presse, une nouvelle réforme ne laisserait, dit-on, d'autre alternative aux Cambrésiens, pour effectuer leur retour de Paris, que de giter en route ou d'arriver vers la deuxième heure de nuit. Cela serait jugé très-sentimental... *l'hiver.*

La direction peu soucieuse des intérêts qu'elle dédaigne, a trouvé plus conforme aux siens, de supprimer un service établi depuis plusieurs années. Je parle du train nº 26 qui n'arrête plus à Lourches, Iwuy, Cattenières, Caudry et Bertry. Bouchain même, sans égard pour l'importance de son canton, n'avait pas été épargné dans cette mesure. On s'est cependant ravisé en présence de protestations énergiquement formulées.

Nous ne voyons pas que le canton de Clary doive être moins considéré.

Quelques secondes d'arrêt à Caudry ne diminueraient pas d'une semi-pite le dividende de Messieurs les actionnaires du Nord. Il y a là une grande injustice à réparer. On doit demander, solliciter, exiger par toutes les voies compatibles avec la loi et au nom de l'utilité publique, le rappel d'une mesure préjudiciable aux intérêts en faveur desquels cette exploitation a été concédée. L'urgence s'en fait d'autant plus sentir, que les voitures faisant autrefois le service des vicinalités, n'existent plus depuis le mode de transport inauguré par ce chemin de fer, et c'est pour cela que ce train ne peut être raisonnablement aussi exclusivement modifié dans ses stations. C'était donc quelques années avant le système de viabilité exploité aujourd'hui.

Je descendais de la voiture d'Arras et allais retenir ma place au bureau pour Cambrai.

— Réponse : *Complet.*

On me refusa même la faveur de monter en lapin.

J'avais apparemment déjà aussi été précédé en cela.

Ne voulant pas attendre au lendemain pour rentrer chez moi, je m'acheminai résolument par la porte Saint-Eloi sur la chaussée, faisant gaiement route pour Cambrai. Je fis la traversée de Cantin et Bugnicourt en une chope et un cigare seulement.

A cinq ou six hectomètres d'Aubigny, mes regards s'arrêtèrent sur un objet brillant, reflétant et me renvoyant les rayons solaires à l'instar d'une glace.

Je m'en approchai.

Devinez ce que c'était ?

Mais, non. Je vous le donnerais en dix, en cent ; vous ne trouveriez pas.

C'était.... le fer d'un cheval....

Joli fer, ma foi, bien rechampi, poli, épais et d'une encoulure peu ordinaire.

J'étais en vue du village, je pensai à le porter jusqu'à la première forge ouverte et m'en emparai.

Je passai Aubigny sans apercevoir le plus mince travail de maréchal. Devais-je ainsi franchir la Sensée avec cet appendice ? Cela devenait gênant et assez ridicule.... J'avais tant fait cependant, jusques là, que je me décidai à me risquer de nouveau dans Aubencheul avec l'objet recueilli. Un moment après, je percevais les vibrations d'une enclume retentissant sous le choc du marteau. Sauvé (pensai-je tout bas) et il était temps, car j'allais me faire défection.

Arrivé au niveau de la forge, j'y entrai magistralement, le chef couvert, et posant gravement le fer sur l'enclume, en présence du forgeron, je lui fis ma déclaration en ces termes :

Ah ça, voici un fer de cheval que j'ai trouvé en cheminant, je ne le porterai pas un pas de plus, vous connaissez assurément votre état ; c'est donc à vous de l'estimer ce qu'il vaut, consciencieusement, et à m'en remettre le prix. J'ai foi en votre honneur et vous crois homme de probité, jugez donc et décidez ; je n'en appellerai pas.

Ceci prononcé d'une façon à laquelle mon organe donnait la forme austère d'une sentence, produisit un moment d'arrêt sur le travail du personnel occupé à l'intérieur de cette forge.

Le père forgeron, activant le foyer, lâcha le fourgon qu'il tenait pour poser les poings sur ses hanches et me considérera *tout ébahi*. Je le fixai sévèrement ; il baissa les

yeux, porta machinalement la main droite à son bonnet de coton bleu, se découvrit et de la main gauche se frictionna le front comme pour y chercher le moyen de faire face à un accident aussi *écrasant*.

Le fils aîné occupé à son étau, déposa la lime pour river ses regards sur moi ; son petit frère lâcha l'étrier du soufflet et me dévisagea avec une sorte d'effroi.

Par la porte entrebâillée de l'entrefent séparant la forge de la pièce d'habitation ordinaire, j'avais entendu le bruit de deux rouets, lesquels s'étaient arrêtés subitement lorsque j'avais commencé mon exorde.

La mère s'était levée discrètement, avait écarté la porte assez pour passer la tête, sa fille l'avait suivie et se hissait par-dessus ses épaules, tandis que la petite sœur, couchée sur le ventre, examinait, entre les jambes de sa mère, l'étrange visiteur qui, semblable au mécanicien arrêtant par le simple toucher la marche d'un moteur, avait suspendu le travail de toute cette famille.

J'attendais......

Le père s'était décidé, enfin, à prendre le fer déposé sur l'enclume, l'avait retourné, examiné, pesé en tous sens et l'avait replacé d'où il l'avait enlevé en se retournant vers son fils, tout en lui mimant l'invitation de voir et apprécier à son tour.

Obéissant à cette pantomime, le fils avait longuement regardé l'objet et l'avait remis sur l'enclume sans en dire davantage.

— Veyons, ch'fieu : quoqu'ch'est qu't'ein dis ?

— Quaint à cha, mou père, vos ein frez à vo mode ; cha vous r'garde puss qu'a mi.

Et le père soupira tout en reportant son attention sur sa femme laquelle s'était discrètement approchée de l'enclume pour manier et reconnaître le fer, cause de cette perturbation.

— Et vous, Joassine : quoqu'ch'est qu'vos dites ?

— Accoutez, Jean-Philippe, vos savez ben qu'je n'me sus jamais mêlée d'vo métier, chouqu'vos frez s'ra ben fait.

— N'aimpêche, Joassine ; quaint ain est marié, ch'est pou 's'cosulter ; y m'sane à vire, qu'vos porôtes ben dire eine parole.

— Jean-Philippe : depuis trainte et ain ains qu'nos sommes ainsaine, je n'vos ai jamais cotrarié deine berluque ; parceque j'sais qu'vos êtes ein homme prudeaint et ben avisé.

— Ch'est pou cha aussi, Joassine, éque je n'veux rien einterprendre sains vo cosaintement.

Pendant ce débat de délicatesse *non sophistiquée*, la jeune fille avait tourné sa mère et avait déplacé le fer de cheval pour l'examiner *sans en avoir l'air.*

Quelque précaution qu'elle eut prise, pourtant, le père s'aperçut du geste et interpella sa fille en conséquence.

— Veyons, cheule tiôte : cobain qu'ch'est qu'te don'ros bein de ch'fier là ?

— Vousse mouquez d'mi ? j'm'apainse bein ; cha m'copète t'y ? Vos parlez d'un ju !.....

Et le petit frère souffleur qui couvait de ses prunelles ce malencontreux fer de cheval, cédant à une irrésistible envie, palpa à son tour l'objet et le remit à sa place.

— Cobein qu'cha vaut pour ti, tiot tisse ? (lui dit le père).

— Mi ? (répond le tire-botte) en grattant des deux mains à travers les inextricables étoupes rousses dont la nature a enrichi son cuir chevelu), tout d'puis dimainche passé, je n'ai pu ain rouge doube dains m'tasse.

Surexcitée par la témérité de son frère, la plus petite sœur se crût, apparemment autorisée à retourner, considérer et peser l'objet déposé. Ce que je remarquai avec un sentiment qui m'édifia une fois de plus à l'endroit de la curiosité à laquelle se trouve naturellement portée la plus belle partie du genre auquel nous appartenons.

— Et ty ? Raquette (dit le père) nos diras-tu queuqu'cose ?

— My, (mon père), donnez mé le ; j'arai des cheriches aveucq et nous les mierons, tous aînsanne.

— Le père eût un sourire d'orgueil pour sa dernière née.

Sur la muraille faisant fond de la forge et près du soufflet, un judas avait été pratiqué sur la cour afin d'aérer et purger l'ouvroir des rabats de fumée alors que le vent était de mauvaise humeur.

Ce judas, ayant vue sur la cour, resté ouvert ce jour-là, apparemment à cause de la chaleur de cette après-diner, servait de cadre, depuis un moment, à une tête énorme, aux traits grossiers et sans expression. Un rire plus idiot que malin faisait les seuls frais de cette plate physionomie ; intrigué par la réunion de tous les membres de la famille et par l'interruption des travaux, il était venu là, pour connaître de la cause et avait assisté, témoin impassible et muet, à l'examen du fer par tous les ayant-droit, sans que pour cela, la question fût encore mise en délibéré ; à son estime, aucun n'avait songé à s'enquérir de la condition principale : la qualité.

Aussi, laissant le trident qu'il retenait de la main droite engagé dans le fumier, arriva-t-il à l'encontre de l'enclume, se saisit du fer, passa une mince tringle dans un trou voisin de l'une de ses extrémités et frappant ce fer, ainsi suspendu, le fit tinter comme une clochette. Sa figure s'était épatée d'un rire sans horizon.

Non content de cette expérience, il tira de sa poche un énorme silex et l'ayant frappé énergiquement, du côté formant l'épaisseur du fer, il en fit jaillir un nombre considérable d'étincelles à chaque choc.

C'était presque une leçon pour le père, le fils et toute la lignée. Content de lui, le palfrenier remit le fer sur l'enclume et s'en alla sans mot dire.

Tout cela avait pris un peu plus d'un quart-d'heure, je commençais à en avoir assez. Cependant mon étude devait être plus complète.

J'en avais imposé à ces bonnes gens par mon ton et le port d'une barbe à tous crins mesurant quelque chose comme quatorze à quinze centimètres.

J'adoucis mon timbre de voix et m'adressant au père *je lui tins à peu près ce langage:* qu'y a-t-il de si difficile dans l'estimation de ce fer, pour vous qui en façonniez et qui les vendez, pose comprise ?

— Eh, eh, mais, c'est justemaint là ! nos les veindons posés, mais nos n'les racatons point s'y s'écappent.

— Enfin, voilà bientôt une demi-heure perdue pour vous et moi. Donnez-m'en ce que vous voudrez et finissons-en, sacrebleu : ce n'est pas là une affaire.

— Monsieu ; y a ein proverbe qui dit : ch'ty qui n'busie point aux tiotes affaires cœurt grand risque de n'point s'rameinteuvoir les graindes.

Vos avez affaire avec ein hounête homme incapable d'faire tort d'ein cheintime à qui que ch'sot.

Vos povez vos informer pas tous côtés dains ch'village chy comme aux environs, si ein a qué que cose à me r'procher.

— Je suis convaincu de ce que vous me dites et renonce à prendre des informations, mais là n'est pas ce que je vous demande. Donnez-moi de ce fer ce qu'il vous semble valoir et faites en votre profit.

— Monsieu ; j'enteinds vous ein donner chou qui vaut, ni pusse, ni moinsse.

— Eh bien, dépêchons ; j'accepte.

— Seulement : l'difficulté ch'est savoir, au juste, chou qui vaut.

— Encore une fois, je m'en rapporte à vous.

— Si nos arôtes eine balainche, cha s'rot bentôt fait ; mais, sains balainche ; queu nouvelle ? comaint et par u ? j'n'y vos goutte.

— Dites cela au jugé ; vous ne vous tromperez pas de cent écus.

Pendant ce dialogue, le maréchal n'avait pas cessé de retourner et peser le fer, lequel fer avait repassé encore une fois de mains en mains, au milieu d'un silence absolu, tant était grand le respect pour le jugement du père.

Enfin, le forgeron ayant poussé un incroyable soupir et après s'être essuyé le front de son bonnet de coton, me dit :

— Acoutez, monsieu, Joassine alle est là pou vous l'dire, je n'fais jamais rien d'mein chief sains preindre sein conseil ; j'mein vas d'viser ein momaint aveuc elle de ch'l'affaire là et j'vos dirai chou qu'nos arons décidé.

— Faites donc et dépêchez-vous.

Douze minutes après, l'impatience m'épinglait ; je martelai l'enclume en appel du patron.

— Rien.

— Je recommençai à trois minutes de là.

— Enfin, il sortit de sa conférence accompagné de Joassine ; leurs traits portaient l'empreinte d'une résolution dont ils avaient pris le temps de se bien pénétrer.

Le forgeron se posa vis-à-vis son enclume et flanqué de sa femme il me regarda, prit le fer, le souleva de nouveau et me dit du sérieux le plus solennel.

Monsieu ; v'là ch'fier equ'vos avez apporté ichy. Vos povez l'praindre et l'aimporter, ch'est à vous. (Cela ne

2 ..

faisait pas mon compte) quaint à nous, d'vaint l'ciel et d'vaint l'monde, y nous est impossible d'ein donner ein double et pus d'*tros sous*.

Prainde ou laicher.

— Cha, ch'est ben parler (dit ch' fieu).

— Sains compter (renforce la fille).

A mon tour, après avoir assisté à ce laborieux enfantement de la montagne, je reconnus cette franche déclaration de mon mieux.

— Et il ne vous a fallu que cinq quarts d'heure pour trouver ça? C'est un véritable tour de force! Je refuse vos trois sous; vous en mettrez quatre et nous irons les boire.

(Sensation prolongée).

Je crus que le forgeron allait pleurer.

— Cha, ch'est bien (murmura encore le fieu).

L'aînée des filles cacha sa rougeur dans le sein de sa mère, tiot Tisse empoigna sa jeune sœur n'importe par où, et roula dans le pulverin de charbon en la tenant étroitement enlacée jusqu'au beau milieu de la rue.

Le rictus du palfrenier, dont la tête avait repris sa place au centre du judas, atteignait douze centimètres d'envergure...

Ils vinrent tous.

Nous eûmes, à peu près, chacun un verre de bière, de ces verres coniques, à côtes, valeur dix centimes.

Dans ce cabaret étaient assis deux marchands d'aulx d'Arleux qui avaient trouvé le placement de leurs charges à Cambrai et s'en retournaient allègres et joyeux.

L'un des deux, s'étant permis une plaisanterie mal goûtée du fieu, laquelle sottise n'ayant pas été relevée, il s'en prévalut et continua :

— A vire taint d' monde ain copagnie, y avot pou croire qui n'y arot jamais eu assez d' bière ichy pou eusses tous.

Eine caneitte pou huit! deux hommes pou ain canon!

Si j' racontos cha à Palluel, y m' pourcachrôtes comme ein einjoleux, ein conteux d' pétroles... geins des diux!... d' ma vie au monde! toudi toudi! aya!

Indigné de ce langage, ch' fiu empoigna la canette de faïence par le manche et en frappa rudement la table pour la faire remplir, mais, malheureusement, au deuxième coup, le manche s'étant détaché, lui resta dans la main, tandis que le *Sinceny* josé s'abimait sur le carrelage de la salle.

— Ch'est ch' mordiu-là l' cause (dit ch' fieu) en lançant de colère l'anse de la cannette après la tête du marchand d'aulx. Celui-ci évite à peu près le projectile en rejetant la tête en arrière, néanmoins sa pipe est atteinte, il ne lui reste qu'un pouce de tuyau dans les dents. Il ne fait *ni une, ni deux*, et riposte en envoyant sa triboulette de grès se briser sur l'épaule du fieu.

Aussitôt celui-ci jette *de volée* à son adversaire un verre à côtes sans crier gare. Le marchand d'aulx se baisse, le verre va s'écraser sur l'orei'le du camarade et le blesse douloureusement.

Le sang a coulé. L'escarmouche va prendre les proportions d'un combat à outrance.

Le blessé, innocent de la cause première, est d'autant plus exaspéré. Il empoigne son bâton et entreprend une vertueuse et énergique distribution de coups de rotin sur les têtes, les épaules, les côtelettes les plus à sa portée. Son camarade le seconde consciencieusement.

Le forgeron, son fils, le palfrenier et *Tire-Bottes*, surpris, ont essuyé l'attaque; le père cherche à parer avec un tabouret, le fils a retourné une table et en brise l'assemblage en écartant les pieds d'angle à angle et de celui qu'il retient en assène un tel coup sur la tête du persifleur qu'il l'abat.

Le père s'est armé du couvercle du poêle et frappe où et comme il peut.

Le patron est arrivé; il a reçu un atout de ce couvercle sur la machoire inférieure, il passe du côté des marchands d'aulx qui ont fait de la dépense chez lui et sont des consommateurs habitués.

Le palfrenier paraissait heureux et jusques là il avait fait partie de la réserve, mais en voyant le cabaretier dans le rang ennemi, il s'empare du premier objet disponible, c'est le poêle découvert et, le prenant par un de ses trois pieds, il lui fait faire deux tours sur la tête et le lance sur l'ennemi.

Les charbons, le grille, les ronds, la platine, volent au travers des vitres des croisées en face.

Tiot Tisse grimpe sur les chaises, dans le fond de la pièce, pour décrocher de la barre les pots et les canettes et jette tout cela plus ou moins heureusement sur les promoteurs.

Les femmes pleurent, crient, hurlent, c'est un tohu-bohu, un vacarme, un carnage, une scène digne du pinceau de Vernet.

J'observais du corridor. Je butinais, je recueillais.

Je me remémorais les paroles immortelles pour mes bons amis, mes attachés lecteurs, du fameux éclusier boçanien, rappelant celles attribuées à *Cambronne* :

« *Ce n'est plus de la bière qu'on boit ici, c'est du sang.* »

Je crus devoir m'interposer et faire cesser cette féroce détérioration. Je ne tenais pas à ce que mort d'homme s'en suivit.

Je me jetai comme une bombe dans la mêlée et criai de ma voix la plus puissante :

— Les gendarmes! Messieurs les gendarmes! Sauf qui peut!

Il aurait fallu voir de quelle panique furent surpris ces naturels à ce cri : les gendarmes!

Les négociants d'Arleux décampèrent par le jardin en enfonçant la haie. La famille du forgeron escalada un mur de séparation et par la porte de derrière de la maison voisine regagna à la hâte l'habitation commune.

Le cabaretier, couvert de cendres et de sang, alla se nicher dans son grenier à foin.

Je restai seul maître du champ de bataille avec la maîtresse du logis, saine et sauve, mais effarée au dernier point.

Je la rassurai et quand son tremblement nerveux fut apaisé, nous récapitulâmes les frais.

Le dégât et la consommation réunis s'élevaient à dix-neuf francs soixante-dix centimes.

Je payai...

MORALE

Le bien d'autrui ne profite jamais.

RÉSOLUTION

Voilà un fer qui m'a coûté gros ; je veux bien être pendu si j'en ramasse encore sur la voie.

FIN

LA PEUR

Le lecteur s'étonnerait, à bon droit, de me lire, s'il ne faisait préalablement la part du but que j'essaie d'atteindre.

L'historiette que je vais raconter lui dira une fois de plus encore, combien est maladroit ce système d'éducation de quelques mères alors qu'elles dressent vis-à-vis la pensée de leurs jeunes enfants, ces épouvantails terrorisants dont ils gardent la regrettable impression, même long-temps après l'âge où leur raison leur démontre le néant des fantômes invoqués pour les assouplir aux lois du devoir et de l'obéissance. Ainsi, du loup garou, de la bête noire, de Croquemitaine, des lattes usées, des ogres ou mangeurs d'enfants et de tant d'autres sottises. Il est de ces atteintes qui ébranlent à ce point le cerveau, qu'il n'est pas étonnant de voir encore de nos jours de vieux poltrons qui doivent leur infirmité aux terreurs du jeune âge, tant a été profond et sérieux ce premier tort fait à leur imagination. Le mot *peur* devrait être rayé du dictionnaire français ou tout au moins, une bonne mère ne doit jamais le prononcer en présence de ses enfants, encore moins l'employer comme auxiliaire pour le ramener dans le sentier du devoir.

Avant la monopotisation de la fabrication et vente des tabacs par l'état, chaque individu pouvait librement se livrer à ce commerce ; comme cela se fait encore en Belgique.

Cependant, à cause des connaissances spéciales qu'il était urgent de posséder pour recueillir, préparer, manipuler, rouler, hacher, et parfois raper les feuilles de la nicotiane,

peu d'industriels exploitaient cette partie. Il faut dire, en raison de cette indifférence que les bénéfices résultant de ce rude travail étaient très minces et essuyaient imparfaitement les sueurs de l'ouvrier *Toubacqueux*, tel on nommait alors le fabricant de tabacs.

Le tabac à fumer se vendait communément en dessous de 1 fr. le kilo.

Le nombre des fumeurs était alors aussi restreint qu'il tend à se généraliser aujourd'hui : ce qui, par parenthèse, est un déplorable progrès.

Vous rencontrez dans nos villes du nord, de jeunes enfants de dix ans, même moins, au teint hâve, au regard flétri, à la démarche débilitante ; ils roulent du tabac dans du papier et munis d'allumettes chimiques se dessèchent à fumer sur la rue, sur les promenades, à l'insu de leurs parents qui ne soupçonnent pas la cause de l'étiolement de leur progéniture. Il n'est pas, voire la classe la plus indigente, que cette contagion n'ait atteinte.

Dernièrement, obsédé par la tracasserie d'un gamin qui me demandait un sou pour avoir du pain, je lâchai les cinq centimes. Il n'accusait pas deux liards de vie : rien de plus triste que ce chétif enfant tout semblable à la plante qui se fane avant d'avoir fleuri. Pour chemise, ses épaules étaient recouvertes d'un chiffon de calicot incolore aux mille taches dont la nuance grenat révélait l'origine et la permanence des parasites. Avec un peu de bon vouloir, on aurait pu nommer pantalon le lambeau de drap qui flottait sur ses esquilles et qui veuf de boutons était soutenu par une mince cordelette passant sur l'épaule et reliant le devant au derrière de la chose. La tête et les pieds étaient nus.

Quel ne fût pas mon étonnement de le voir se diriger et entrer prestement dans un bureau de tabac et bientôt en sortir un cigare incandescent entre les lèvres !... Il y a là un immense abus, un danger qu'il faut conjurer ; car les générations futures pourraient bien ne plus être que contrefaçons de mormons.

Allez donc recruter une armée avec des ombres, des mythes épuisés, sans force, sans membres, sans corps !...

Vous abaisserez encore le taux de la toise où, dans dix ans, sur 300 hommes vous n'en trouverez plus un sixième bon pour servir.

Ah, si j'étais gouvernement ! la vente du tabac serait interdite aux adultes en dessous de seize ans. L'Etat n'y perdrait pas un million de recettes et j'aurais conjuré l'empoisonnemet qui ruine la santé, l'avenir de nos enfants. Déjà, par une très sage mesure, nos hommes d'Etat ont interdit la fréquentation des débits de boissons aux enfants isolés de leurs parents alors qu'ils n'ont pas seize ans révolus : eh bien, il faut encore les sauver du tort qu'ils se font innocemment, ne pas empêcher ce mal, quand on le peut, serait se montrer ennemi de l'humanité et au point de vue de la raison de l'Etat, compromettre l'avenir de sa patrie.

Il y a bien encore un troisième danger à signaler, mais cela est tellement ardu à aborder que je me borne à laisser pressentir mes vœux en faveur de certaines réformes qui mettraient nos jeunes gens à l'abri des dangers de l'infection et du régime des biscuits recommandés à la quatrième page des journaux.

Pour cela, le père de famille ne doit rien laisser ignorer à ses enfants, et à l'âge où ils sont le plus exposés, la meilleure leçon, outre les principes religieux qui forment le cœur, la meilleure leçon, est de les introduire dans un hôpital et d'obtenir du chirurgien en chef la faveur de les mettre en présence des victimes torturées d'une hideuse et atroce façon en punition de la profanation qu'ils ont faite de ce qu'il y a de grand, de noble dans la création.

Assez de morale quant à présent, et ne différons plus le récit de notre histoire.

Or : dans les premières années de ce siècle, vint s'établir à Bouchain (forteresse du Nord) un homme jeune encore, sa jeune femme et sa famille.

Cet homme, taillé en hercule, avait une large et épaisse poitrine sous laquelle battait un cœur fidèle et courageux à l'ouvrage mais timoré à l'excès.

Il s'attelait à son moulin, de l'aurore à la nuit close ; ne s'interrompant que pour réparer ses forces au temps des maigres repas qu'il prenait en famille.

Son excellente et pieuse femme l'aidait dans sa besogne de tous ses moyens, tout en se hâtant lentement, suivant le conseil de la sagesse, conseil qui s'accordait merveilleusement avec sa nature calme et résignée, laissant le soin de la marmite et de la sequelle du ménage à l'aînée de ses

moutards et moutardes aux faces bariolées de mélasse et de fromage blanc sous les couches desquelles on distinguait néanmoins un beau sang et le frais coloris de la santé. L'aînée avait donc fort à faire, et quand la soupe n'était pas prête à l'heure fixe, le père rachetait la déconvenue par une distribution consciencieuse de taloches que les joues de la pauvrette recevaient sans murmure ni réclamation d'ailleurs, pour cette partialité paternelle ; l'ordinaire était simple.

Le Toubaqueux était sobre et frugal et ne s'en portait pas plus mal.

Il voulait et réussissait à faire de petites économies ; il les réunissait dans un vieux secrétaire à tablier. Son idée fixe était d'arriver (l'ambitieux) à s'établir un jour charcutier.

Pour déjeuner (le matin) on achetait la veille à la laitière ambulante du soir, pour six liards de lait qu'on faisait mesurer dans un pot de fayence brune, au ventre renflé et capable de contenir le double de cette portion. On recouvrait ce pot d'une soucoupe et on le laissait, soit sur la cheminée, soit sur une table. Le lendemain, on se servait de ce lait chauffé pour blanchir une abondante infusion de fleurs de tilleul repartie dans autant d'écuelles que la famille comportait de membres. Chacun trempait sa miche dans ce thé éminemment français et qu'on se procurait à peu de frais à Bouchain. Pour deux sous, un gamin ceuillait en saison, en grimpant sur les tilleuls de l'Allée des Soupirs, assez de ces fleurs pour approvisionner une pharmacie.

Tel était invariablement le menu du déjeûner.

La fleur du tilleul possède, dit-on, des vertus céphaliques. C'est possible. Cela ne me regarde pas. Le lecteur peut en faire usage, je n'ai aucune raison pour l'en dissuader.

Tant que la thérapeutique ne reconnaîtra rien de plus compromettant pour les intérêts sanitaires du corps social, je n'effeuillerai, certes, aucune des fleurs dont on lui tresse des couronnes, même ailleurs que sur les journaux ; mais, si la pharmacie se met à offrir à nos brasseurs les résultats de ses élucubrations et cherche son intérêt à les substituer au grain et au houblon au préjudice de notre santé, alors nous ferons un peu plus que le barbier Midas ; nous l'écrirons sur le papyrus.

Nous devons aux études approfondies de la chimie et de la physique d'importantes et précieuses découvertes.

Appliquer le mérite de ces découvertes au bien-être social, c'est réaliser le programme moral auquel chaque science, chaque industrie a mission de concourir.

Abuser de ces découvertes par cupidité, pour subtituer, fausser, altérer le produit naturel, c'est rentrer dans la catégorie des hommes dangereux. Puisse la loi les atteindre, les stigmatiser et les répudier comme les ennemis les plus pernicieux de la société.

Chaque ville possède un conseil d'hygiène ou de salubrité.

Qu'est-ce qu'un conseil de salubrité ?

C'est le palladium de la santé publique.

Ce conseil se compose de savants professant chacun une

spécialité particulière. La réunion de ces hommes forment un corps considérable en ce qu'il a pour objet la sauvegarde des plus chers intérêts de nos familles, la santé. Ainsi, j'appelle de mes vœux à la composition de ce conseil :

Le médecin,

Le pharmacien,

Le chimiste,

Le physicien,

L'architecte,

Le vétérinaire,

L'ingénieur,

L'épicier ou marchand de denrées,

Le maître d'hôtel,

Et le chef de police.

Les membres de ce conseil seront rémunérés en raison de leurs importantes fonctions, ils auront un lieu d'établissement où chaque jour un des membres recevra, à l'heure dite, les dépositions écrites et signées des tromperies et attentats essayés par les trafiquants de mauvaise foi contre la santé publique, lesquels seront livrés aux tribunaux compétents pour être punis selon la rigueur des lois. Les analyses des matières incriminées auront lieu au siège de l'établissement. Le conseil aura collectivement l'étendue des pouvoirs nécessaires à l'exercice de ses fonctions, il aura droit de faire des descentes de lieu et verbaliser dans l'étendue du canton où il réside.

Les membres de ce conseil se succéderont en cas de démission ou décès chacun dans ses attributions. Le médecin succédera au médecin, item des autres. La présentation du maire de la ville sera indispensable.

Inutile d'ajouter que ces membres devront témoigner de leur haute moralité.

Les soins principaux de ce conseil porteront sur deux points capitaux :

1° L'air.

2° La nourriture.

Leur sollicitude éloignera les émanations méphitiques, écartera du centre et de l'intérieur des habitations de la cité ce qui peut vicier l'air respirable et inoculer par le poumon le germe de maladies simples ou endémiques dont l'origine n'est un problème que pour les ignorants.

Quant à la nourriture ; leurs efforts convergeront assurément vers le moyen d'obtenir la meilleure, la plus légère eau possible pour toute la cité.

C'est le premier besoin, le plus impérieux, le plus précieux, et pour y pourvoir, aucun sacrifice ne doit coûter.

Le pain, la viande, les comestibles en général seront soumis à son contrôle alors qu'il y aura lieu à suspicion ou réclamation.

Quant au pain, nous émettons le vœu que des conditions moins aléatoires soient faites à la boulangerie. Ainsi, on pourrait faire moins de procès aux délinquants et leur éviter ces peines qu'ils n'encourent pas toujours volontairement ;

en les forçant à employer des farines contrôlées, à donner au pain le degré de cuisson nécessaire, à le peser alors qu'ils le débitent à la pratique et à le vendre au cours selon le poids qu'il comporte. Peut-être le pain rassis devra-t-il être vendu un centime de plus au kilo que celui du jour, attendu que celui de la veille, à cause de l'évaporation, pèse moins.

J'habite une ville où tous les habitants boivent de la bière.

Comme le vin couperosé, la bière doit être soumise à l'analyse.

Nous avons laissé notre historiette en fourrière pour traiter ici une question qui intéresse tout le monde. Nous reprenons notre narration.

Or, voici que pendant une nuit, le Toubaqueux et sa famille reposant au premier étage, un chat noir étant par mégarde demeuré enserré dans la salle du rez-de-chaussée, alléché par les émanations du lait, grimpa sur la table, parvint à distraire de l'orifice du pot la soucoupe qui le couvrait et s'allongeant de toute la souplesse de son échine, introduisit la tête dans le col étroit du pot. C'était en effet plus que juste, car, il dût faire quelques efforts avant que sa tête dégagée de la compression du col atteignit le vide causé par le renflement, point où le niveau du lait arrivait.

Là, il lampa le breuvage à la crème et s'en balonna complètement.

Pour sortir de là, c'était différent, malgré la discrétion qu'il aurait volontiers apporté dans sa retraite, le matou se trouva fort empêché. Pour forcer son étroit goulot le pot avait présenté par son assise le point de résistance nécessaire ; mais pour s'en dépêtrer il aurait fallu que ce pot fut scellé ou rivé à la table ; comme il n'en était rien, le pot suivit le mouvement de la tête à l'instar d'une coiffure. Ce pot s'étant lourdement incliné, le chat recula jusqu'au bord de la table puis, son train de derrière ayant rencontré le vide, il dégringola sur le plancher la tête toujours enchevêtrée dans cet immense et lourd bonnet sans poil.

Le chat étant tombé sur ses pattes de derrière, le pot l'avait recouvert de tout son poids.

Marroingue.. fffousst... haaache...; de façon qu'il disparaissait à moitié sous cette étreinte.

On aurait pu entendre l'expression de sa colère qui grondait dans la cavité du pot, comme la note grave d'un basson. La queue du rominagrobis frétillait et serpentait en courbes nerveuses et désordonnées, ce qui dénotait assez la terrible humeur de l'individu.

Cependant, il continua à reculer irrégulièrement, toujours la tête enchevêtrée dans la passe du pot, d'où il ne pouvait la dégager.

On conçoit que toute cette manœuvre n'avait pu avoir lieu sans bruit.

Le Toubaqueux, à la première perception de son oreille de garde (les peureux ne dorment jamais que d'un œil et d'une oreille à la fois). Le toubaqueux, disons-nous, s'était levé et avait, comme préliminaire de sûreté, barricadé la porte de sa chambre.

Le bruit ne faisant qu'augmenter en raison des efforts du chat pour se débarrasser, et sa colère allant *crescendo* le Toubaqueux éveilla sa femme d'une voix effarée.

— Nolphie, levez-vous et amenez les enfants, on a pénétré dans la maison, on a brisé notre secrétaire, on nous a volé, nous allons être assassinés, quel malheur! nous sommes perdus! Nolphie était femme très-apathique et d'un imperturbable sang-froid, elle répondit indolemment :

— Pourquoi?

— N'entendez-vous pas le tapage qu'ils font?

— Si fait.,... qu'est-ce qu'on y fera?

— Allumez la lampe, voyons :

Et Nolphie se décida enfin à quitter sa couche pour obéir à son mari.

Entre-temps, le matou, au paroxisme de la fureur, faisait un tapage infernal avec son pot, car chaque fois qu'il essayait de lever ou tourner la tête, le cul du pot retombait bientôt en frappant lourdement le plancher comme d'une massue, et pan, et poc, paf, toc, bam, bok. L'animal reculant toujours le derrière emboîté dans un angle s'y accula grondant, suant et jurant dans le pôt qui l'aveuglait et l'asphyxiait, et pouf, pon, pam, bec.

Terrifié par ces coups auxquels le silence de la nuit donnait une double résonnance, le Toubaqueux, exaspéré à la pensée de perdre son petit magot, se sentit assez d'intrépidité pour ouvrir une des croisées de sa chambre ayant vue sur la rue et d'une voix à laquelle la peur avait ôté tout caractère humain il hurla:

La garde !..,

La garde !

Le poste était à vingt-cinq pas de là, la sentinelle éveilla le caporal, le caporal éveilla à son tour le sergent qui envoya le caporal reconnaître la cause de ces cris.

Le caporal prit à tout hasard sa giberne et courut autant que sa giberne qu'il maintenait de la main gauche le lui permit vers le lieu d'où l'appel s'était produit.

Déjà les voisins éveillés par cette alarme avaient ouvert leurs croisées et se demandaient la cause de cette alerte.

Le Toubaqueux haletant, en caleçon, se montrait encadré dans l'embrasure de sa fenêtre armé du casque à mèche et tenant de la main droite un énorme chenet de fonte. A la vue du caporal muni seulement d'une giberne :

— Main forte, *s'écria-t-il de nouveau*. Au nom du roi, caporal, faites investir la maison par la garde, il y a une issue derrière; prenez garde, faites charger les armes, car la bande est nombreuse et les brigands sont armés jusqu'aux dents.

— Les pricands! là où qu'ils sont tonc? demande le caporal.

— Dans la maison, ci-dessous, ne les entendez-vous pas ?

— Chatends bas peaucoup, c'est dégal, le sargent il adentra pien lui, s'il faut. Che suis bas gef du boste, moi, je gonais gue ma gonzigne ; che fas lui tire.

Et le tapage cessant par intervalle recommençait de plus belle un moment après. Les voisins commençaient à prendre un vif intérêt au dénouement de cette alerte et en suivaient avidement les péripéties malgré le froid d'une nuit de novembre.

Le sergent arriva avec six hommes et le caporal déjà connu, il confia à l'alsacien et à un homme la garde de la porte de derrière ; flanqua deux sentinelles aux angles opposés du carré formé par l'ensemble des maisons attenantes et s'avança avec le reste de son escouade vers la porte d'entrée de la demeure du Toubaqueux.

Cette habitation se composait au rez-de-chaussée, d'une pièce d'entrée servant de magasin, de cette pièce on arrivait à la salle à manger et aussi par une autre porte au corridor conduisant à la salle à manger, à la cuisine, à la cour et aux escaliers ascendants et descendants des étages sub et superposés. C'était, on le voit, une distribution parfaite ; à la cour, s'y trouvaient les commodités ordinaires et l'ouvroir du Toubaqueux avec issue sur la rue de la Sagesse.

C'est à la garde de cette issue que fut posté le caporal Crutcheuc avec l'homme sous son commandement.

Les autres fusiliers ayant leur consigne, le sergent heurta contre la porte avec la crosse d'un fusil... rien...

Il recommença plus énergiquement après une minute d'attente, rien de rien.

— Dites donc, not bourgeois ; m'est avis que vous pourreriez bien vous donner celle de descendre nous ouvrir pour commencer l'explication.

— Y pensez vous ! mon sergent ! je préférerais sauter par la fenêtre au risque de me rompre les os ; me livrer aux égorgeurs dont ma maison est remplie ! allons donc ! Quand vous viendrez m'escorter, oui.

— Que désirez vous donc de nous ?

— Forcez la porte, ou enfoncez-là...

— Cela me paraît pas facile, nous n'avons ni sapeur au poste, ni ce qu'il faut pour cela.

— Traversez la rue ; vous trouverez contre la muraille du forgeron un essieu de belle taille ; servez-vous en.

Et de fait, sur une pierre bleue semi-octogone et qui servait de divan chaque jour aux ouvriers au moment de la veillée ou de la pipe, le sergent trouva l'essieu indiqué, trois de ses hommes l'enlevèrent et sur le commandement de leur chef en portèrent horizontalement quatre à cinq coups énergiques sur la jonction des deux battants, gaches et plats verroux sautèrent à l'intérieur. Les bourgeois entrèrent dans leurs bauts de chausses, les femmes se levèrent aussi aiguillonnées par l'irrésistible démon de la curiosité.

Par mesure de sureté, le sergent disposa ses hommes par file de trois, puis élevant la voix :

— Garde à vos... on.

— Hortez... arm.

— Apprêtez... arm.

— En avant... pas ordinaire... arche.

Et le sergent, qui avait dégainé de préférence à l'emploi du fusil, entra résolument dans la boutique, son briquet d'une main la lanterne de l'autre.

Dans la boutique... rien.

La première porte ouverte, donnant sur le corridor, éclairait l'escalier du premier.

— Allons d'abord dénicher le bourgeois, dit le sergent, il nous pilotera ; et de fait, arrivé au palier du premier, le sergent commanda : peloton, *halte.*

— Portez... arm.

— Reposez... arm.

Et les crosses, en frappant le plancher, produisirent ces vibrations de baguettes, capucines et bayonnettes qui donnent parfois une velléité de bravoure à ceux qui en manquent.

— Voyons, bourgeois, ouvrez sans crainte et venez nous guider.

Le Toubaqueux, à demi-rassuré, après avoir ôté les entraves qu'il avait accumulées vis-à-vis la porte de sa chambre, pâle et transi de peur et de froid, parut enfin toujours armé de son chenet.

— Descendons, dit-il résolument.

Arrivés en face de la porte de la salle, il saisit le bouton de la clinche, poussa le battant et s'effaçant aussitôt derrière le sergent .

— Entrez, dit-il.

Le sergent n'hésita pas et, à la faveur de sa lanterne, il reconnut de suite que la bande de voleurs se réduisait à rien de présent pour le moment, l'armoire et la garderobe interrogées ne recélaient pas le plus mince brigand.

— Ah çà ! bourgeois, est-ce que vous vous seriez permis celui de nous mystifier ostensiblement?

Mais avant que le Toubaqueux ait eu le temps de répondre, on entendit encore boum, toc, pan, puis un grondement sourd et prolongé.

Le sergent ayant dirigé la lumière du côté d'où venait ce bruit, on aperçut un pôt renversé qui se mouvait.

Ce pot se terminait par une masse velue noire et une queue en trompette de même couleur.

— Que diable est-ce çà? dit le sergent.

Ouvrez au caporal, qu'il vienne reconnaître d'abord, je verrai plus tard pour le rapport.

Le caporal, introduit, donna son fusil à tenir à l'un des voisins qui commençaient à se risquer dans la maison et, s'étant approché de l'objet, il s'en empara sans cérémonie au grand effroi du Touhaqueux et au mépris du rou ou ou ou ou incessant qui s'en échappait.

— C'est d'un chat tans l'bôt, dit le caporal, che barie dout ce gue l'on feut.

A ces mots, le Toubaqueux s'étant enhardi jusqu'à regarder l'objet :

— En vérité ! s'exclama-t-il, c'est notre chat qui aura voulu boire le lait, comment l'a-t-on laissé ici quand nous en sommes tous sortis ce soir ?

Et pendant que le caporal tenait le pot, il empoigna la queue au moment où elle se dessinait en volûte, puis, faisant signe :

— Tenez ferme.

— Il y a bas t'tancher qué ché lage.

— Prenez garde à ne pas casser le pot.

— Y a pas t'tancher que ché fous tis.

Le Toubaqueux n'eût pas plus tôt fait mine de tirer par la queue que comme s'il eut pesé sur le piston d'un siphon d'eau gazeuse qu'il reçut dans l'abdomen la décharge d'une fusée liquide auprès de laquelle le parfum de Maroilles le plus avancé aurait pu passer pour essence de violettes.

Cet incident était assurément dû à la quantité du lait lampé par le chat et aux tribulations dont son estomac avait dû souffrir dans l'œuvre d'une digestion extraordinairement agitée.

Ce fut un rire fou qui succéda cette fois à l'anxiété des assistants.

Le sergent, dont la dignité se trouva blessée par cette sortie, avant que le Toubaqueux et le caporal aient encore lâché chacun ce qu'ils tenaient, abattit son sabre sur le point de ralliement des désunionistes et trancha net la queue du chat à la chûte des reins.

Le Toubaqueux et le caporal, non prévenus, tombèrent lourdement sur leur derrière. Ce dernier, humilié de cette chûte, lança le pôt et son contenu contre la muraille où le vase se brisa en mille pièces.

Le chat, retombé sur ses pattes, un instant ébloui, prit la poudre d'escampette en hurlant laissant, derrière lui une longue traînée de sang.

La force armée se retira complimentant le Toubaqueux sur sa bravoure, les voisins se régalèrent à cœur joie pendant longtemps au souvenir de cette fausse alerte. Quant au Toubaqueux, il rafistola du mieux qu'il put la porte de sa demeure et remonta porter à Nolphie le récit et la preuve du délit. Nolphie regarda indifféremment le tronçon poilu que tenait encore son mari et lui dit :

— Vous auriez mieux fait de reposer près de moi et de ne pas nous éveiller et, souriant, elle ajouta finement : Vous n'avez pas tout perdu cependant, vous pouvez faire un plumet de ce que vous tenez là et le mettre à votre chapeau ; vous êtes digne de le porter sans reproche.

Cette raillerie, aussi adroite qu'anodine, détermina dans les allures du Toubaqueux un revirement salutaire, nous avons raison de le supposer, car cet homme se montra dans la suite, sinon intrépide, au moins serviable, brave et compatissant.

Menacée d'être bombardée en 1815, la forteresse de Bouchain le comptait au nombre de ses défenseurs, veillant mèche allumée assis sur l'affût de sa pièce.

Ce fut encore lui qui la même année porta les premiers et plus diligens secours au malheureux Bricout dont la face fut labourée et les yeux brûlés par l'explosion d'une gargousse de 24 au moment où il l'introduisait dans la bouche du canon perché sur la tour d'Ostrevent, au moment où ce même engin fracassait de ces détonnations les vitres de la ville haute, en même temps qu'il saluait le passage de l'Empereur de Russie devant les murs de Bouchain.

Il n'effleura la charcuterie et la corderie que transitoirement ; il aborda la boucherie sur une grande échelle et devint bientôt le principal et meilleur fournisseur du canton. Aidé de sa vertueuse épouse, il prospéra et trouva son bonheur à faire donner à ses enfans une bonne éducation et une instruction de beaucoup supérieure au commun de la bourgeoisie.

Pendant ce temps Nolphie, de son côté, trouvait encore moyen, sans négliger les soins domestiques, de se livrer à l'exercice de la charité bien entendue, recueillant toutes les petites bribes de viandes invendues elle en faisait chaque semaine des bouillons qu'elle versait dans les écuelles des indigents. Toute sa distraction, je me trompe, sa félicité, était d'être au chevet des malades, de leur rendre ses soins, de les veiller, de les aider et de les exhorter à la patience dans leurs souffrances, et alors qu'ils ne pouvaient guérir, sa piété parlait à leur cœurs... Plus tard elle leur rendait encore le dernier devoir et suivait leur dépouille jusqu'au jardin du repos.

Le reste du temps, elle aidait son mari et s'associait à ses travaux avec les autres membres de sa famille.

Cet époux modèle tenait à avoir constamment sa femme près de lui.

Un jour, se trouvant hissé sur un escabeau pour dépouiller un bœuf de son cuir, il avança le couteau à lame acérée à Nolphie ; soit que celle-ci tarda à le prendre ou que l'instrument lui glissa des doigts, le couteau tomba

en ligne perpendiculaire sur la tête d'un jeune enfant mâle et y resta planté.

A cette vue, Nolphie, au lieu de pousser des cris stériles et de se lamenter, fit preuve d'un courage surhumain. Elle arracha avec effort le glaive meurtrier du crâne de son enfant et suça la blessure béante avec cette énergie et ce dévouement dont le cœur d'une mère seul est capable. Puis, tournant ses regards vers le ciel elle demanda à Notre-Dame-de-Bon-Secours de sauver son fils et le lui voua.

Cette ardente prière fut exaucée, le jeune garçon vécut et annonça de bonne heure ses dispositions à correspondre au vœu de sa mère. Ses études sérieuses ne firent que mieux encore déterminer sa vocation ; on le cita comme sujet, on le promût au professorat dans son séminaire ; prêtre, il se distingua par ses vertus et sa charité.

Pendant quelque temps les chaires diocésaines furent pressées par une foule avide d'entendre sa parole éloquente, douce et persuasive. Bientôt, pour raison de santé et selon son désir, on lui confia une petite cure où pour se reposer il a fait proportionnellement, avec tout le bien possible, des choses merveilleuses, irrécusables et qui rivent à son nom l'amour et la reconnaissance de ses paroissiens.

On ne l'a assurément pas oublié en haut lieu, mais, si on attend qu'il demande autre chose, il laissera ses os à la frontière.

Par ses soins, unis aux délicates attentions de sa pieuse et excellente sœur, Nolphie, leur vénérable mère, devenue presque nonagénaire, jouit encore de presque toute la plénitude de ses facultés et prie encore tous les jours en action de grâces et en demande de bénédictions pour sa nombreuse lignée, aujourd'hui très-honorablement posée.

RIGOLBOCHADE

Vingt-cinq grammes de cinq, s'il vous plaît.... et la prétentieuse tabatière me fit la faveur de desceller un de ces petits paquets bruns sous l'enveloppe desquels la régie nous gratifie du meilleur tabac du monde, tout en me faisant remarquer la contexture de ses doigts aux extrémités teintées, nuance safran, et serrés d'anneaux d'un goût contestable.

Bien que mon admiration se trouvât distraite par le nez dont sa figure était illustrée ; nez qu'elle portait martiale-

ment et qui rappelait, d'une saisissante façon, le sabre bayonnette de nos intrépides zouaves, elle crut apparemment de bon ton, en me pesant ces vingt-cinq grammes, de m'adresser quelques mots (comme dit Claquot) en manière de conversation.

— Le temps paraît bien incertain aujourd'hui, monsieur.

— Je vous prierai de croire, mademoiselle, que je ne suis pour rien dans ses hésitations ; plus favorisée que moi, auriez-vous, par hasard, voix consultative près de lui ?

— Oh ! monsieur, pas plus que vous, assurément, mais on peut bien parler, ce me semble, de la pluie et du beau temps.....

— Mademoiselle, je n'aime pas à causer des choses qui ne me regardent pas. Toujours, vous vous plaignez du temps ; nous serions bien planté si vous en aviez la direction.

— Comment cela ?

— Ma foi oui ; vous n'avez que du mal à dire de lui quand je viens ici, et décidément cela m'ennuie.

Depuis un an, vous n'avez rien de plus intéressant à m'apprendre que ce que tout le monde sait aussi bien que vous. Que signifient ses réclamations, ces répulsions toujours à la même adresse ?

« Qu'elle chaleur ! on étouffe ! on ne sait ou se mettre !..

Ou bien :

« Voilà encore de la pluie !

« Quel vent il fait aujourd'hui !

« Quel temps sombre ! hein ?

« Sentez-vous le froid qui pince ?

« A-t-il gelé cette nuit ! hein ?

« Voilà encore de la neïge !

« Je n'aime pas cette neige, moi, et la grêle, — oh la grêle ! et l'orage et le tremblement ? »

Que diable voulez-vous que je fasse ou réponde ?

— Est-ce que cela vous regarde, à vous ou à moi ?

Soyez sincère, vous voulez me balancer ?

— Mais, monsieur ; nullement je ne comprends pas ce qui pourrait vous faire croire que je penserais à vous indisposer, je parle de cela comme je parlerais d'autre chose.

— Eh bien, franchement, j'aurais préféré autre chose ; que chacun s'occupe de ses affaires. Je ne puis souffrir qu'on s'inquiète ainsi des choses auxquelles on est étranger, pour avoir une occasion de médire. Voilà 25 centimes, mademoiselle. Vous n'aimez pas la neige ; je vous garantis que la neige n'est pas en reste avec vous de ce côté.

— Mais monsieur, qu'est-ce qui vous prend donc ? et à quel propos me dites vous ces choses peu agréables ? vous plaisantez sans doute ?

— Mademoiselle, je ne plaisante pas.

J'aurais désiré, dans votre intérêt, vous trouver plus discrète et plus prudente, moi sorti, celui qui me succède ici est obligé de subir la même et plus que naïve appréciation de votre part ; cela a lieu 2 ou 300 fois par jour et le lendemain vous recommencez.

Une imbécile ne ferait rien de plus.

Réfléchissez et méditez, je vous y engage, mademoiselle, car, pour ce qui est de votre personne, vous pouvez y croire... jamais...

Je me retirai prestement après avoir débité cette boutade

à la fin de laquelle je donnai une intonation grave et sententieuse, laissant la débitante, que ma susceptibilité avait attérée, pointer sur moi son briquet et ses quinquets allumés par le rouge d'une colère qu'il n'aurait pas été prudent de braver.

Ce matin là j'avais confortablement déjeûné avec Clovis, Léon et Damacène. Je les avais laissés s'égosiller dans une ardente discussion sur les affaires de la Péninsule. Cela m'avait assourdi pendant une demie heure. Pour résumer la question, il aurait fallu l'intervention du fameux diplomate de la Neuville, à la recherche duquel je promis de me mettre en les quittant.

Disposé à m'amuser, je voulus profiter selon mes goûts, des plaisirs offerts sur le champ de foire de l'endroit dont c'était la fête.

En fait d'amusements, chacun choisit celui qui va le mieux à son caractère. Je m'arrêtai vis-à-vis une baraque dans l'arrière partie de laquelle on voyait un retable peint en noir. Sur ce fond, ressortaient une grande quantité de pipes multiformes et multicolores formant des dessins fantasques, d'unes étaient stables, d'autres mobiles, celles-ci paraissaient et disparaissaient subitement, celles-là tourbillonnaient irrégulièrement. Toutes ces dispositions étaient une provocation à l'adresse des tireurs de salon.

Pour un sou on tirait un coup ou de carabine ou de pistolet sur une pièce de son choix laquelle était remplacée aux frais de la propriétaire du tir si on venait à la fracasser.

Les pipes illustrées étaient les plus difficiles et presque toujours on s'entêtait à les mirer de préférence.

Cela faisait assez le compte de l'exploitante.

Il y avait aussi quelques statuettes dont le système d'instabilité paraissait déconcertant. J'étudiai un instant le repère les ramenant au même point ; je jetai un sou sur la tablette et environné de quelques badauds, je saisis la carabine que la directrice au nez camard, me présenta militairement, l'armai, visai et...

Pitt... les débris d'une statuette s'éparpillèrent sur le sol.

Au 2e coup, un cosaque vola en éclats.

Le 3e démonta un sultan.

Du 4e je cassai la figure d'un mandarin.

La cruauté me gagnait, je m'acharnais après les pièces les plus difficiles et faisais farine de toutes.

Doué d'une certaine adresse au tir, je m'entêtai dans cette distraction sans trop songer au tort que je faisais à l'établissement.

La directrice n'avait encore reçu de moi qu'environ 3 fr. d'indemnité et je lui avais fracassé pour plus de 15 francs de marchandises, lorsque se ravisant apparemment, elle essaya de tricher au jeu.

Au lieu du projectile à introduire dans le canon de la carabine, elle y laissa glisser une boulette creuse en papier d'étain. Le premier four m'étonna : je ne fus plus sa dupe au deuxième, car ayant renversé le canon avant d'essayer un 3e coup, je reçus dans le creux de la main la pellicule que je montrai à l'honorable assistance. Une immence huée salua cette découverte des cris de : à bas l'bazar ! à la police la flibutière ! à la lanterne ! à l'eau ! au Coupe-Oreille ! etc., etc.

Mais la camarde, impassible, relevant effrontément la tête et, posant le poing droit sur la hanche :

— Qu'est-ce qu'ont donc ces manants à brailler ainsi ? Sont-ils fous ! comme si on ne pouvait pas se permettre une légère plaisanterie avec monsieur pour faire rire la société... Quand on est aussi bête, on devrait, au moins pour la sûreté publique, se baillonner le bec...

Cette explication parût opérer un revirement en faveur de la directrice ; les cris nous avaient amené un renfort considérable de spectateurs ; un loustic cria : bravo.

Cependant j'exigeai que chevrotines et capsules fussent déposées sur la tablette, je consignai cent sous et recommençai de plus belle mon œuvre de destruction.

Les caisses contenant les pièces de rechange épuisées je dûs entreprendre l'abolition facile du décor du retable.

Restait une seule pipe !...

La foule commençait à menacer de faire irruption dans l'enceinte réservée au tireur, la frêle barrière craquait et me pesait sur les reins. La directrice enleva cette dernière pipe de la main droite et la brandissant en l'air elle me défia de l'abattre dans les conditions où elle me la présentait ; et en effet, au moment où j'épaulai, elle se mit à gambader une sorte de polka convulsionnée qui me fatiguait sans résultat, car, cinq fois je lâchai la détente et n'atteignis que le vide.

Les sympathies de la foule sont versatiles, on le sait. J'avais perçu, au 2e coup malheureux, un son apparemment tiré d'une clef forée, et aux suivants, ces sifflets s'étaient renforcés chaque fois. Sans doute la considération que j'avais conquise m'abandonnait,.. l'auréole de ma gloire recevait un renfoncement. Je me sentais dégringoler de mon piédestal !... je me piquai sérieusement d'honneur à ce jeu et voulus avoir raison de cette pipe vagabonde. Quand une idée vous harponne à ce point, il faut céder ou on se croirait perdu d'honneur.

Je visais pour la sixième fois, et certes je tenais ma pipe ; dédaignant la chambre de cette pipe, mais voulant, par un coup d'éclat ne laisser qu'un court tronçon de tuyau dans les doigts de la camarde.

Je sentais la détente de mon index et pesais insensiblement quand une main s'abattit familièrement sur mon épaule droite.

— Que diable fais-tu là ?

C'était Joseph, un intime arrivé chez moi vers trois heures et qui m'avait cherché depuis sans succès.

L'arme s'étant inclinée sous cette pression accidentelle, la chevrotine alla se loger dans les chairs de l'avant bras de la directrice, laquelle se laissa choir sans précaution, au risque de montrer son signalement, et se mit à hurler de la plus lamentable façon. Elle fit tant et si bien, qu'avant d'avoir pu forcer la barrière pour presser la main de mon camarade, je sentis le grappin d'un agent de police se reposer sur l'autre épaule avec injonction de le

suivre chez le magistrat civil, pour avoir à rendre compte de ma tentative d'homicide. J'obéis machinalement. J'étais contrarié de n'avoir pas rallumé ma pipe avant de condescendre à l'invitation que je n'aurais pu d'ailleurs décliner. Quand au fond, j'étais sans inquiétude sur la gravité de la blessure et j'avais 400 témoins pour établir mon innocence.

Il m'était donc indifférent de comparoir par devers un magistrat ou tout autre. J'étais en train de m'amuser ; je résolus de continuer. On devine de quelle foule je fus escorté.

Introduit dans le prétoire, en présence de l'officier civil, je dus subir l'interrogatoire suivant.

— Accusé, levez-vous.

— S'il était égal à mon très-honorable magistrat de m'interroger assis, je lui serais fort reconnaissant ; je suis sujet à une crampe dont je souffre présentement, dans le jarret gauche, et ce ne sera guères avant une demi-heure que je pourrai me tenir debout.

— Soit, s'il en est ainsi, passons.

Comment vous nommez-vous ?

— Mon honorable, faites excuse, s'il vous plaît, cela ne m'est jamais arrivé.

— Je ne vous interroge pas encore sur le fait, je vous demande comment vous vous appelez ?

— Jamais je ne me suis appelé, mon magistrat, par la raison bien simple qu'étant toujours présent, je me trouve à ma disposition sans appel.

— Vous répondez cependant à un nom quelconque ?

— Non, mon magistrat, je réponds à plusieurs. Outre celui enregistré quelque part en France, je suis honoré de plusieurs noms de guerre fort distingués sous lesquels je suis particulièrement connu.

— Quel est le nom qui vous est affecté à l'état civil ?

— Il y en a cinq au choix, mon honorable, quatre noms commun et un du propre, bien qu'assez commun dans le pays.

— Dites-moi les cinq noms, le propre d'abord.

— Devred, Alexandre, Gaspard, Melchior, Balthazar...

— Né à ?

— Nez aquilin, menton à fossettes...

— Permettez : je demande ou vous êtes né.

— Quand à cela, mon magistrat, je ne pourrais rien vous dire de positif, d'autant que j'étais trop jeune pour m'en rappeler. J'ai un passeport qui me déclare né à Bouchain ; j'ai voyagé partout à l'aide de cette pièce ; j'en ai eu un autre depuis qui me dit natif de St-Amand, et à la faveur de cette pièce, j'ai circulé librement comme si j'étais deux.

— Pourquoi cette ubiquité ? les registres de l'état-civil sont les seuls témoins.

— Lesquels, mon honorable ?

— Ceux de l'endroit ou vous êtes né.

— Ah oui, sans doute, mais c'est justement là que la question s'est entortillée.

— Expliquez-moi...

— Volontiers : mon arrivée en ce monde eût lieu au moment où mon père, garde notes, transférait ses paperasses, le bazar et son personnel de St-Amand à Bouchain, et on ne put pas bien préciser si j'avais respiré la première fois sur la juridiction bocanienne ou amandinoise. Vous comprenez, mon magistrat, qu'au milieu d'une besogne aussi sérieuse qu'un tel déménagement, un enfant de plus ou moins est un détail secondaire. Quand mon père eût le temps de se souvenir de moi et de régulariser les formalités relatives à ma naissance, je ne sais, mais il est à présumer qu'il aura fait sa déclaration en partie double, puisque je suis sur les deux registres et que je n'ai pas de frère jumeau.

— Greffier : Ecrivez né en blanc...

— Votre âge ?

— Mon âge, mon très-vénérable, n'est plus l'âge d'or ; c'est au contraire celui où les passions vous dominent alors qu'on n'a pas eu le courage de les combattre plus tôt.

C'est un âge implacable, un âge de fer, je dirai même d'acier trempé.

— Cette définition ne précise rien, veuillez me répondre plus catégoriquement... quel âge avez-vous ?

— Pardon, mon magistrat, ce n'est pas à moi de déterminer une époque ; je me contente de la traverser sans prendre garde aux dâtes.

Vieillir sans compter, est le secret de rester jeune, compter ses années, c'est vieillir par anticipation. Je regrette, mon magistrat, ne pouvoir vous donner une autre réponse à cette question que je ne me suis jamais faite.

— Vous savez au moins, en quelle année vous êtes né ?

— Année célèbre s'il en fût, mon digne magistrat ; l'orbe des cieux rayonnait, la nuit, de l'éclat des feux de la plus belle étoile que notre siècle ait encore contemplé. Cette même année, le nectar et l'ambroisie découlaient de nos raisins bordelais et bourguignons.

Cette même année, le ciel accordait un fils au grand Napoléon presqu'en même temps que votre serviteur à l'auteur de mes jours. Si vous étiez assez bon, mon magistrat, pour faire ce petit calcul, nul doute, vous obtiendriez le renseignement exact que vous désirez.

— Greffier, écrivez : né en 1811.

Votre état ?

— Maladif présentement, mon honoré.

— J'entends par état votre profession.

— La doctrine chrétienne, les idées progressistes et morales, un grand respect pour la loi, un grand amour du prochain et de mon pays et autres professions d'estime pour tout ce qui est grand, généreux, digne et louable.

— Remplissez-vous une charge ?

— Plusieurs, mon honorable.

— Lesquelles ?

— Je paye mes contributions et parfois mes dettes, je fais arroser et balayer à mes frais, j'entretiens et nourris une famille... je...

— Votre nom figure-t-il au dossier ?

— On a dû l'inscrire plusieurs fois à ceux des fauteuils où stalles loués par moi à l'occasion des différens concerts où j'ai couru risque d'être aspyhxié.

— J'entends vous demander si vous avez été déjà repris de justice ?

— Cette question, mon très-éclairé juge, n'est pas en rapport avec mes facultés intellectuelles. Daignez la supprimer où la formuler sous un autre son.

— Avez-vous subi quelques condamnations ?

— Deux, très-docte appréciateur.

— A quelle occasion ?

— Atteint d'une gastrite hépatique augmentée d'une péripneumonie aiguë en 1831, deux médecins m'ont condamné à mort.

Ayant appelé de cette sentence, l'exécution en a été différée jusqu'ici. Cependant, ayant pris femme, quelques années après, j'ai reconnu que ma première condamnation avait été commuée en celle des travaux forcés à perpétuité.

— Vous faites là, ce me semble, une singulière apologie du mariage.

— Très-sage et docte interprète de nos lois, pouvez-vous ignorer que Dieu accorde des grâces d'état ? chacun est heureux à sa manière, la peine et le travail sont les plus essentielles conditions de mon bonheur.

— C'est de la saine philosophie.

— Oui, de la philosophie de Giberne.

— Vous dites, de *giberne* ?

— C'est le nom que portait mon éducateur, un peu par corruption. Un inspecteur l'ayant complimenté, un jour en présence des élèves, l'avait comparé à *Schiller*, dont nous avons fait *giberne*. Ce qui ne diffère guères.

Ses enfants héritèrent du nom.

— A quoi passez vous votre temps ?

— Selon le hasard : je vais, je viens, conformément au privilège dont me favorise notre Constitution.

Je guéris les sérinettes affligées, celles même reputées incurables ; je travaille à rectifier l'oreille des alouettes et à leur apprendre à chanter en musique en 30 leçons. J'élève des vers à soie et déchire les miens. Je souffle dans la musette et pêche à la ligne. Je fais des chansons et des pianos, des copeaux et de la littérature.

Aux échos sympathiques, je chante mes inspirations et trouve un certain charme à confier mes aspirations au vaporeux nuage bleuté né de mon cigare incandescent.

Je carillonne et vends du sucre et par ce siècle de lumières, je propage la bougie, je...

— Assez comme cela.

— Vous le voyez, mon estimable magistrat, mes occupations multiples remplissent parfaitement le cadre de ma vie. Je possède une foule de connaissances et suis apte à une multitude d'autres ; ainsi : aujourd'hui, je me suis mis en tête de casser des pipes, et franchement, mon intègre magistrat, ne m'en suis-je pas vertueusement acquitté ?

— J'interroge et ne réponds pas.

— A votre aise, mon président ; si cependant, en raison de mes aptitudes, vous désiriez avoir d'autres détails, je puis vous en donner de fort intéressants.

— S'ils sont de nature à se rattacher à l'affaire qui vous amène ici, je vous écouterai.

— Voici, mon honorable.

Les anciens comme les modernes sont tombés d'accord sur ce point, que chez l'homme comme chez les bêtes, la cervelle loge dans la tête : à preuve, mon magistrat, à une tête de vœu.

— Je sais ; passez.

— Or, les anciens et les modernes ont poussé leurs recherches à ce point qu'ils ont reconnu que la cervelle était la souche de l'esprit.

Conséquemment, que plus on avait de cervelle plus on possédait d'esprit, ce qui est constaté en faveur des fronts larges et bombés, contre les fronts fuyants et déprimés.

Cependant, mon vénéré, l'esprit n'est pas toujours le sens commun.

— Je ne vois pas qu'elle corelation votre parallèle...

— Permettez, grave magistrat, vous allez comprendre. Chez moi, austère magistrat, la cervelle ne pouvant transpirer au dehors, a fini par s'extravaser, de sorte que je me vois grandir chaque année, d'une fraction métrique, par l'effet du monticule qui s'élève au sommet de mon occiput et menace de m'y greffer une tête supplémentaire en bosse de chameau. Ainsi : il y a 27 ans, ayant préalablement subi l'opération du toisage lors du recrutement, j'étais côté 1 m. 74 centimètres. Aujourd'hui je mesure 1 m. 83 cent. J'ai encore neuf passeports accusant chacun une taille différente. Tout cela devient inquiétant, mais explique irrécusablement mes nombreuses aptitudes par la quantité de bosses dont ma boule est champignonnée.

Or, mon équitable magistrat, ma tête a été reconnue vierge de la bosse du crime. Comme la France, j'ai horreur du carnage et du sang à moins qu'il ne provienne d'un gigot ou de côtelettes succulentes.

— Avez-vous déjà été arrêté ?...

— Maintes fois, mon digne officier, dans mes projets et par d'insurmontables obstacles...

— La cause est entendue, nous allons passer à l'audition des témoins.

Vous êtes accusé d'avoir tiré, presque à bout portant, sur une femme avec une arme à feu et de l'avoir grièvement blessée, crime prévu par l'article du code pénal.

— Pas mal, pas mal ; délicieuse la balançoire ! charge à fond !...

— Le fait est établi, irrécusable, vous allez entendre les nombreux témoins qui vont l'attester.

— Vous êtes incontestablement le plus courtois magistrat qu'il m'ait encore été accordé de contempler, n'importe sous quel plafond. C'est pousser trop loin la gentillesse de procédés tout à fait oiseux, d'autant que je n'ai pas l'intention de désavouer ma conduite. Or, mon gracieux officier, comprenons bien, surtout, que la loi comporte deux choses essentielles et bien différentes.

— Quelles choses ?

— La lettre et l'esprit.

La première tue, l'autre vivifie.

Je me reconnais coupable du fait qualifié et je me retranche avec une aveugle sécurité sous l'égide des circonstances atténuantes.. Jamais ces bienheureuses circonstances, dont MM. les avocats ont la louable habitude d'invoquer le bénéfice, quand même, n'auront servi plus à propos et pour parler le langage de 1830, l'exposé de ces circonstances sera une vérité. Ah ! si j'avais un jour mission de dispenser la justice, je me tiendrais en garde contre trois écueils.

— Quels écueils ?

— La passion, la prévention et l'iniquité.

— Nous n'acceptons de leçons de personne, nous en donnons.

— Fallait pas être si curieux alors, voilà comme vous vous acquittez du prix d'un cachet que je n'avais pas l'intention de vous faire payer. Vous si benin jusqu'ici...

— Assez... agent, faites avancer le premier témoin.

Après les préliminaires usités.

— Dites ce que vous savez.

1er témoin. — Tout chou que j'sais : c'hest qu' c'bele faime là, n'sa jamé vu à eine affaire aussi caude aveuc sein ju et qu'all avot corage ed'braire. Quaind qu'ch'est qu'all s'est mis à gaimbader aveu cheule pipe au bout de s'moin et que ch' l'homme a décliqué, alle s'est aquatie toute avau par tierre, ni puss' ni msinsse equ'si alle avòt eu eine guibolle rompue. Ch'étôt, tout ben du cotraire, ch'groin d'plomb qui avot riflé sous sein poche ein sautaint.

— Savez-vous autre chose ?

— Noufé.

— Vous pouvez vous retirer.

Dix témoins appelés successivement déposent dans ce sens et mon acquittement est prononcé au milieu des plus sympathiques acclamations.

J'avais reconquis la faveur populaire, j'usai dignement de mon triomphe car, après avoir écouté hypocritement et les yeux baissés, l'exhortation du magistrat qui se crut obligé de me rappeler au sentiment de ma dignité, je me mis à la recherche de ma victime et j'eus le bonheur de la rencontrer dans un cabaret où, comme panacée curative et reconfortante elle s'administrait force lotions internes et externes d'un cognac étendu d'absinthe. Je lui glissai cent sous dans la main et fis remplir son canon pour trinquer d'estime ; elle me regarda avec une expression accusant quelque chose comme 35 degrés centigrades.

Sa reconnaissance voulant se traduire, elle me saisit par mon paletot.,.

Elle voulait m'embrasser !... mon dévouement n'allait pas jusques-là.

— Arrêtez... m'écriai-je ! mouchez vous d'abord, et pendant qu'elle procédait à cette opération, mon paletot se trouvant dégagé, je me perdis dans la foule.

J'avais sauvé mon innocence ! brrrrr ! le soir se faisait, je rentrai chez moi.

— Tu n'aurais pas dû rester aussi longtemps sorti, me dit ma ménagère ; il vient de nous arriver cinq convives, des amis à toi que tu as oublié d'inviter et qu'il nous faudra nécessairement loger... chez qui ? par où ? et comment ? questions auxquelles je cherche en vain, depuis tantôt une demi-heure, une réponse impossible.

Nous avons déjà onze personnes, j'ai fait un tour de force pour leur improviser des lits de circonstance, et pour cela, j'ai dû réduire ceux de la famille à la plus simple expression.

J'ai tiré parti de notre matériel disponible avec toute l'économie possible, foin, paille et copeaux ; tout y a passé, mes châles sont transformés en courtepointes, je ne sais plus de quel bois faire flèche.

— Ne te tourmentes pas ainsi. J'aviserai... J'arrangerai l'affaire, reposes-toi sur moi,. je... trouverai un moyen... mais au fond... ma sécurité était un mensonge et je me trouvais cette fois sympathiser avec ma légitime. Nonobstant, je me composai...

— Où sont ces messieurs ?

— Au salon.

— Très-bien, j'y vais, ne t'inquiète plus.....

D'honneur, Messieurs, voici qui me flatte bien agréablement. Je vous remercie du plaisir véritable que me procure ce bienveillant assaut. Soyez bénis et bien venus.

Ce cher Omer ! ce bon Gustave ! ta main Georges, touches-là Louis, et toi, mon brave Emile.... Comment allez-vous tous, et vos familles ?

— Bien, nous t'apportons des cinq parties qui composent notre caravane, les compliments respectifs pour toi et les tiens.

— Mille fois merci. Vous n'avez pas soupé ?

— Mieux que ça.

— Comment ?

— Nous n'avons pas dîné et s'il faut te le confesser, nous avons fait un déjeuner dont un anachorète aurait fait fi.....

— Hourra !..... m'écriai-je, et sonnant à tout rompre, je fis servir immédiatement à mes affamés, un gigot froid, resté intact, flanqué des condiments nécessaires, augmentés d'un bocal de cornichons.

L'os du gigot fut nettoyé en cinq temps, cinq mouvements.

Au gigot, je fis succéder un jambon déjà légèrement touché.

On laissa pareillement l'os du jambon délicatement reposé sur les feuilles de vignes et pudiquement recouvert du plastron couenneux en guise de voile funéraire.

Je tenais en réserve un vieux Maroilles qui avait été jadis décimé par une succession d'innombrables vampires qui s'y étaient entre tués tout en y laissant leur dépouille. Le Champagne lui fit attribuer des qualités superlatives, il passa tout entier.

Restait le café.

J'offris à ces chers camarades, de le prendre avec un vingt-cinq centimes, chez mon voisin Adrien, la fumée du cigare incommodant ma vieille tante.

Accepté, d'une voix.

Nous sommes attablés chez mon ami Adrien, vrai brise-lame et brave cœur tout à la fois.

J'avais repu mes bien chers amis, mais ce n'était pas le plus difficile de la besogne.

J'avais bien songé au spectacle, mais le spectacle finit à onze heures. J'essayai d'autre tentation.

— Et ces messieurs se proposent sans doute de s'amuser au joli bal de nuit que nous avons organisé avec ce que notre élite compte de plus remarquablement beau ?

(Silence).

Je commençais à avoir chaud.

— Eh bien, vous ne dites rien ?

— Que veux-tu, mon cher, nous sommes venus pour te voir et être avec toi. La société dont tu nous parles, n'est composée que de gens qui nous sont étrangers ; notre position, notre âge, nos goûts, nous rendent quelque peu indifférents à ces sortes de plaisirs, nous te savons gré de cette attention, mais nous t'en remercions.

— Je préfère un bon lit, dit Gustave.

— Moi aussi. — Moi également.

— Semblablement — j'adhère, se mirent à renforcer les autres.

— J'avais beau me gratter le bout du nez, je ne trouvais rien.

— Cependant, je me levai comme pour satisfaire à un besoin d'écolier, et arrivé à la cour, je ne sais ce qui me passa par la tête, aussi vite pris au vol que conçu et exécuté, j'avais trouvé : j'allai droit au maître de l'établissement :

— Adrien, mon camarade, je sais que ton dévouement pour moi n'a d'égal que le mien pour toi.

— Connu. Tu vas me tirer une carotte ; je te vois venir.

— Non ; il faut m'aider à loger ces cinq pitauds-là ; je n'ai plus une planche disponible.

— Cré copeux ! où veux-tu que je les mette ?

— Ecoute bien : quand je te ferai ce signe.

— Eh bien ? — tu sortiras par le corridor et tu iras chercher un agent de police, qui prendra trois hommes au poste et viendra immédiatement ici prier ces messieurs de le suivre. Fais bien les choses.

— A la bonne heure, profond Celeri va, marche, solide au poste, je ne broncherai pas, tu as affaire avec un lapin qui vaut bien un lièvre et solide au poste, creux nom de lieu, et mobile, les yeux et la tête à quinze pas ; le petit doigt à la hauteur de l'œil, etc., etc.

Cet accord arrêté, je me rapprochai de la table où siégeaient mes camarades, ma figure s'était empreinte d'une teinte soucieuse. Je regrettais ce guet-apens, cette avanie dont j'allais me rendre coupable sciemment, bien que forcément, vis-à-vis ces bons amis ; mais ne pouvant les loger ni leur procurer de gîte ailleurs, *les hôtels regorgeant*, je ne les crus pas perdus pour les obliger à passer quelques heures sous la sauvegarde de nos bayonnettes françaises.

— Qu'as-tu donc, avec ton visage décomposé? me dit Gustave.... Garçon!.... six marasquins.....

— Messieurs, vous ne pouvez douter du plaisir que me cause votre visite, je vous reçois de mon mieux ; mais, un souvenir me chiffonne.

— Quoi? Qu'est-ce? Parles....

— Puisque nous sommes ensemble, selon l'expression des marins, je vais vous larguer la chose en grand. Je n'ai jamais trahi l'amitié.

— Qui donc de nous a trahi ? voyons, expliques-toi.

— Volontiers. Un de vous, messieurs, a dit à Omer que j'avais dit à Gustave, de dire à Louis, que ce qu'Emile avait dit à Georges, était de la plus inconcevable inconséquence, alors que je puis vous jurer, ma parole d'honneur, que je n'ai pas dit un mot qui ait trait à ce que vous savez. Malgré cela, Gustave n'a rien eu de plus pressé que de le raconter à Louis qui l'a rapporté à Paul ; Paul en a causé avec Georges, de qui Omer le tient et ce dernier ne l'a pas caché non plus à Emile et, si Emile n'avait pas éventé la mèche, je n'aurais rien su.

J'aurais peut-être ajourné cette conversation, n'était la circonstance qui nous rassemble, mais j'aime mieux une entente franche et carrée et je vous invite à vous expliquer, afin que j'en connaisse....

Cela débité vite et sérieusement, je me retirai, attendant l'effet d'une explication impossible d'autant que personne n'avait rien compris.

SIMULTANÉMENT :

GUSTAVE. Je ne sais pas bien de quoi il s'agit ; mais, il n'y a que ce bavard d'Emile qui aura voulu encore faire sa bête avec sa prétention à l'esprit.

EMILE. Ah ça, dis donc, toi, penses-tu que je vais me laisser insulter par un coucou de ton espèce?

GUSTAVE. Tu as dit coucou, toi! blanc bec ! répètes-le et je te détériore.

OMER. C'est probablement Georges à qui la langue aura démangé.

GEORGES. Tu es encore plus crétin que tu n'en as l'air, grand dindon. Tu as donc le nez morveux que tu accuses les autres, mouches-toi donc.

OMER. Tu parles de mouche par analogie, ce n'est pas avec nous que tu devrais être, tu serais mieux apprécié à la préfecture ; ma recommandation ne te fera pas défaut si tu en as besoin, je te le jure.

Le diapason de la dispute s'élevant rapidement, je fis le signe convenu et Adrien disparut.

TOUJOURS ENSEMBLE.

— Viens donc si tu as du cœur, grand lâche, grand coucou, vil suborneur, mets un cercle à ta tête d'avance ou j'écartelle ta bouloire.

— Ah petit saute ruisseau, tu veux une leçon ? Tiens vlan....

— Vas t'laver toi.

— Tu vas me demander pardon de ces paroles, ou je te traite comme tu le mérites.

— Pardon ! à toi ! misérable gouailleur, tu ne vaux pas l'honneur que je te ferais de te loger ma botte quelque part !

— Toi ?

— Oui, moi.

— Attrappe.

Je priai Louis de s'interposer, pour sauver, au moins ma dignité. La lutte était plus bruyante que dangereuse. Louis, néanmoins, reçut un coup de botte d'une part, un coup de poing de l'autre et se trouva bientôt comme une enclume au milieu des quatre champions. L'entrée de l'agent de police et la vue de la force armée suspendit la bataille. L'agent invita ces messieurs à le suivre, il n'y avait pas à parlementer. Ces messieurs me suppliaient des yeux....

Je fis mine de plaider en leur faveur, je ne fus pas écouté.

Je revins dire à ma ménagère, toujours anxieuse.

— Ces messieurs sont logés.

— Où ?

— Au violon.

— Pas possible !

— Que veux-tu? l'esprit est prompt et la chair est faible.

— Je ne comprends pas.

FAÇON D'ÉPILOGUE

Le lendemain, à six heures du matin, je me hâtai d'aller éveiller le capitaine de place, un digne et brave militaire et de plus excellent camarade.

— Alerte, mon très-cher, un petit service d'ami, s'il te plaît.

— Quoi ?

— L'intervention de ton ministère.

— Que demandes-tu ?

— La délivrance de cinq malheureux, que je n'ai pu me dispenser de faire coucher au violon cette dernière nuit.... et je lui racontai l'aventure.

— Il n'y a que toi pour avoir de semblables idées, le diable m'emporte. Tu vas leur faire des excuses ?

— Au contraire.

— Comment ?

— Tu m'en dispenseras.

— Ah ça, mais, tu plaisantes encore ?

— Mais non, ton amitié fera bien cela pour moi....

— Des excuses ?

— Non, tu leur savonneras la tête.

— Je ne comprends sacrebleu pas.

— C'est bien simple, cependant : en les gourmandant sévèrement, tu leur diras ce que leur conduite a de peu honorable et de compromettant pour moi et tu me blâmeras, sans façon, de compter de pareils chenapans au nombre de mes connaissances.

— Farceur impayable.... comment veux-tu que je tienne mon sérieux dans cette comédie ?

— Tu penseras à sir Hudson-Lowe !... ainsi fut fait....

Mes cinq camarades virent en moi le conducteur de l'ange de la délivrance. Ils reçurent, tête humblement baissée, la décharge dont la faconde du capitaine les mitrailla et me firent des excuses profondément senties. C'était à qui aurait ma main et les plus énergiques protestations me brulaient la cervelle.

Je les ramenai chez moi.

Le capitaine, impassible, les avait courbés sous son regard très-peu bienveillant.

Je leur fis servir du café chaud, ils étaient éreintés et dormaient les yeux ouverts.

Ils voulurent partir.

Mes instances pour les retenir semblaient augmenter leur confusion.

De guerre las, je fis avancer un omnibus; ils s'y pelottonnèrent.

Je croyais oublier cet incident.

Deux jours après. je recevais cette lettre collective.

CHER,

« Nous sommes humiliés, au-delà de toute expression, « au souvenir de l'inqualifiable conduite dont nous nous « sommes rendus coupables envers toi. Nous craignons « vraiment d'avoir porté quelqu'atteinte à la considération « dont tu jouis si justement.

« Nous avons besoin que tu nous dises que tu nous « pardonnes et que tu ne nous en veux pas.

« Nous serions aussi désireux d'apprendre le secret de « la prétendue indiscrétion que tu nous as si vertement « reprochée, car hier encore, tout en causant ensemble, « nous avons failli nous empoigner et nous bucher et cela « se renouvellera, *je le crains*, si ta lettre ne vient faire « cesser cet état d'hostilité.

« Laisse-nous serrer ta main de pensée,

« TES INTIMES.»

Je répondis :

IMBÉCILISSIMES

« Vous avez assuré mon plus beau succès, vous pouvez « vous en vanter.

« Puissiez-vous vivre contents et heureux par vos épouses « et avoir beaucoup d'enfants.

« Vous me demandez une réponse à une sotte chose. « Pour vous amuser au café, j'improvise un imbroglio « auquel le diable, pas plus que votre camarade, n'aurait « pu rien comprendre, et voilà que vous profitez de mon « absence d'un moment pour tenter de vous égorger au « lieu de me rire au nez !..,.

« C'est très-fort. Quant à ce qui s'en est suivi, je le « déplore ; mais l'impossibilité d'empêcher qu'il en soit « autrement me commandait.

« Puissiez-vous avoir la bonne pensée de me visiter « dans des occasions moins pressées et me connaissant, « vous tenir en garde contre le fumet d'un plat de mon « métier. Je souhaite ne plus avoir à vous en offrir « d'aussi indigeste que celui dont nous avons tous souf- « fert, si les circonstances l'ont apprêté, assurément, « contre mon gré.

« Calmez-vous donc, mes bons, et restez, si vous m'en « jugez encore digne, les amis de votre affectionné.

A. DEVRED.